Learn Basque with Basque Mythology

HypLern Interlinear Project
www.hyplern.com

First edition: 2025, November
Translation: Mikel Telleria
Foreword: Camilo Andrés Bonilla Carvajal PhD

ISBN: 978-1-83425-100-4
kees@hyplern.com
www.hyplern.com

Learn Basque with Basque Mythology

Interlinear Basque to English

Author

Translation
Mikel Telleria

HypLern Interlinear Project
www.hyplern.com

The HypLern Method

Learning a foreign language should not mean leafing through page after page in a bilingual dictionary until one's fingertips begin to hurt. Quite the contrary, through everyday language use, friendly reading, and direct exposure to the language we can get well on our way towards mastery of the vocabulary and grammar needed to read native texts. In this manner, learners can be successful in the foreign language without too much study of grammar paradigms or rules. Indeed, Seneca expresses in his sixth epistle that "Longum iter est per praecepta, breve et efficax per exempla[1]."

The HypLern series constitutes an effort to provide a highly effective tool for experiential foreign language learning. Those who are genuinely interested in utilizing original literary works to learn a foreign language do not have to use conventional graded texts or adapted versions for novice readers. The former only distort the actual essence of literary works, while the latter are highly reduced in vocabulary and relevant content. This collection aims to bring the lively experience of reading stories as directly told by their very authors to foreign language learners.

Most excited adult language learners will at some point seek their teachers' guidance on the process of learning to read in the foreign language rather than seeking out external opinions. However, both teachers and learners lack a general reading technique or strategy. Oftentimes, students undertake the reading task equipped with nothing more than a bilingual dictionary, a grammar book, and lots of courage. These efforts often end in frustration as the student builds mis-constructed nonsensical sentences after many hours spent on an aimless translation drill.

Consequently, we have decided to develop this series of interlinear translations intended to afford a comprehensive edition of unabridged texts. These texts are presented as they were originally written with no changes in word choice or order. As a result, we have a translated piece conveying the true meaning under every word from the original work. Our readers receive then two books in just one volume: the original version and its translation.

The reading task is no longer a laborious exercise of patiently decoding unclear and seemingly complex paragraphs. What's more, reading becomes an enjoyable and meaningful process of cultural, philosophical and linguistic learning. Independent learners can then acquire expressions and vocabulary while understanding pragmatic and socio-cultural dimensions of the target language by reading in it rather than reading about it.

Our proposal, however, does not claim to be a novelty. Interlinear translation is as old as the Spanish tongue, e.g. "glosses of [Saint] Emilianus", interlinear bibles in Old German, and of course James Hamilton's work in the 1800s. About the latter, we remind the readers, that as a revolutionary freethinker he promoted the publication of Greco-Roman classic works and further pieces in diverse languages. His effort, such as ours, sought to lighten the exhausting task of looking words up in large glossaries as an educational practice: "if there is any thing which fills reflecting men with melancholy and regret, it is the waste of mortal time, parental money, and puerile happiness, in the present method of pursuing Latin and Greek[2]".

Additionally, another influential figure in the same line of thought as Hamilton was John Locke. Locke was also the philosopher and translator of the Fabulae AEsopi in an interlinear plan. In 1600, he was already suggesting that interlinear texts, everyday communication, and use of the target language could be the most appropriate ways to achieve language learning:

> ...the true and genuine Way, and that which I would propose, not only as the easiest and best, wherein a Child might, without pains or Chiding, get a Language which others are wont to be whipt for at School six or seven Years together...[3]

---

1   "The journey is long through precepts, but brief and effective through examples". Seneca, Lucius Annaeus. (1961) Ad Lucilium Epistulae Morales, vol. I. London: W. Heinemann.

2   In: Hamilton, James (1829?) History, principles, practice and results of the Hamiltonian system, with answers to the Edinburgh and Westminster reviews; A lecture delivered at Liverpool; and instructions for the use of the books published on the system. Londres: W. Aylott and Co., 8, Pater Noster Row. p. 29.

3   In: Locke, John. (1693) Some thoughts concerning education. Londres: A. and J. Churchill. pp. 196-7.

Who can benefit from this edition?

We identify three kinds of readers, namely, those who take this work as a search tool, those who want to learn a language by reading authentic materials, and those attempting to read writers in their original language. The HypLern collection constitutes a very effective instrument for all of them.

1. For the first target audience, this edition represents a search tool to connect their mother tongue with that of the writer's. Therefore, they have the opportunity to read over an original literary work in an enriching and certain manner.
2. For the second group, reading every word or idiomatic expression in its actual context of use will yield a strong association between the form, the collocation, and the context. This will have a direct impact on long term learning of passive vocabulary, gradually building genuine reading ability in the original language. This book is an ideal companion not only to independent learners but also to those who take lessons with a teacher. At the same time, the continuous feeling of achievement produced during the process of reading original authors both stimulates and empowers the learner to study[1].
3. Finally, the third kind of reader will notice the same benefits as the previous ones. The proximity of a word and its translation in our interlinear texts is a step further from other collections, such as the Loeb Classical Library. Although their works might be considered the most famous in this genre, the presentation of texts on opposite pages hinders the immediate link between words and their semantic equivalence in our native tongue (or one we have a strong mastery of).

---

1 Some further ways of using the present work include:

1. As you progress through the stories, focus less on the lower line (the English translation). Instead, try to read through the upper line, staying in the foreign language as long as possible.
2. Even if you find glosses or explanatory footnotes about the mechanics of the language, you should make your own hypotheses on word formation and syntactical functions in a sentence. Feel confident about inferring your own language rules and test them progressively. You can also take notes concerning those idiomatic expressions or special language usage that calls your attention for later study.
3. As soon as you finish each text, check the reading in the original version (with no interlinear or parallel translation). This will fulfil the main goal of this

collection: bridging the gap between readers and original literary works, training them to read directly and independently.

Why interlinear?

Conventionally speaking, tiresome reading in tricky and exhausting circumstances has been the common definition of learning by texts. This collection offers a friendly reading format where the language is not a stumbling block anymore. Contrastively, our collection presents a language as a vehicle through which readers can attain and understand their authors' written ideas.

While learning to read, most people are urged to use the dictionary and distinguish words from multiple entries. We help readers skip this step by providing the proper translation based on the surrounding context. In so doing, readers have the chance to invest energy and time in understanding the text and learning vocabulary; they read quickly and easily like a skilled horseman cantering through a book.

Thereby we stress the fact that our proposal is not new at all. Others have tried the same before, coming up with evident and substantial outcomes. Certainly, we are not pioneers in designing interlinear texts. Nonetheless, we are nowadays the only, and doubtless, the best, in providing you with interlinear foreign language texts.

Handling instructions

Using this book is very easy. Each text should be read at least three times in order to explore the whole potential of the method. The first phase is devoted to comparing words in the foreign language to those in the mother tongue. This is to say, the upper line is contrasted to the lower line as the following example shows:

Euskal	mitologiaren	ezaugarri	nagusiak	hauek	dira,
Basque	mythology's	characteristic(s)	main	these	are
				the following	

nire	aburuz:
(in) my	opinion

The second phase of reading focuses on capturing the meaning and sense of the original text. As readers gain practice with the method, they should be able to focus on the target language without getting distracted by the translation. New users of the method, however, may find it helpful to cover the translated lines with a piece of paper as illustrated in the image below. Subsequently, they try to understand the meaning of every word, phrase, and entire sentences in the target language itself, drawing on the translation only when necessary. In this phase, the reader should resist the temptation to look at the translation for every word. In doing so, they will find that they are able to understand a good portion of the text by reading directly in the target language, without the crutch of the translation. This is the skill we are looking to train: the ability to read and understand native materials and enjoy them as native speakers do, that being, directly in the original language.

Euskal	mitologiaren	ezaugarri	nagusiak	hauek	dira,
Basque	mytholo				re

nire	aburuz:
(in) my	opinion

In the final phase, readers will be able to understand the meaning of the text when reading it without additional help. There may be some less common words and phrases which have not cemented themselves yet in the reader's brain, but the majority of the story should not pose any problems. If desired, the reader can use an SRS or some other memorization method to learning these straggling words.

> Euskal mitologiaren ezaugarri nagusiak hauek dira, nire aburuz:

Above all, readers will not have to look every word up in a dictionary to read a text in the foreign language. This otherwise wasted time will be spent concentrating on their principal interest. These new readers will tackle authentic texts while learning their vocabulary and expressions to use in further communicative (written or oral) situations. This book is just one work from an overall series with the same purpose. It really helps those who are afraid of having "poor vocabulary" to feel confident about reading directly in the language. To all of them and to all of you, welcome to the amazing experience of living a foreign language!

Additional tools

Check out shop.hyplern.com or contact us at info@hyplern.com for free mp3s (if available) and free empty (untranslated) versions of the eBooks that we have on offer.

For some of the older eBooks and paperbacks we have Windows, iOS and Android apps available that, next to the interlinear format, allow for a pop-up format, where hovering over a word or clicking on it gives you its meaning. The apps also have any mp3s, if available, and integrated vocabulary practice.

Visit the site hyplern.com for the same functionality online. This is where we will be working non-stop to make all our material available in multiple formats, including audio where available, and vocabulary practice.

Notes on the translation

For the most part, each word has been translated literally and you can see its translation underneath the Basque word. Occasionally, when we thought it wouldn't be clear from context what a phrase meant or when the individual words are only used as a set phrase and never in isolation (think of the French parce que or et cetera in English), we've provided an idiomatic translation as well. These appear underneath the literal translations.

It's not imperative that you understand every single word or grammatical meaning, at least not at first, as you read through the story you will start to pick up on the patterns and things will begin to clear up. Ideally, you would read through the book several times -- after each repetition you should find that you have to rely on the literal and idiomatic translations less and less.

In this Basque translation specifically, there are a few styles we've used to try to make it easier to piece together. Because of how different Basque word order is from English and most other commonly studied languages, it can be difficult to piece together a meaningful translation from the individual parts. Here are a few common patterns you'll see in the English translation which should hopefully help you make sense of the texts.

Words with a hyphen

Generally, when a translation has a hyphen, that means that it modifies the following word. For example:

comes-that / (a) mythology

This is actually *a mythology that comes*. Looking at the full sentence:

Basque / Mythology / from prehistory / comes-that / (a) mythology / is

... we get "Basque Mythology is a mythology that comes from prehistory."

Another example is:

seeing-of / way

This should be translated as *way of seeing*.

Words with parentheses

In Basque, the case ending is usually only attached to the last word in the phrase, the other words are in what is known as mugagabe, literally "without ending". Sometimes the words in parentheses are just a hint to make the meaning of the phrase in English a bit clearer, but often it's because the case wasn't marked until the end of the phrase but it makes more sense to place it up front in English. Let's look at some examples:

(in) her / inside
The "in" case is attached to "inside" (*barnean*), but it is clearer to put it up front in English.

(the) Sun / Grandmother / and / Moon / Grandmother / gods
The definte article "the" is actually part of "gods" (*jainkoak*).

explanation(s) / and / answer(s) / all
The plural marker is on the last word "all" (*guztiak*).

Notes on Basque Grammar

Word order

Word order in Basque is quite different from English. Often times the verb comes at the end of the sentence and Basque is sometimes called an SOV (Subject-Object-Verb) language, however this order is not fixed.

Generally, the most important information will come before the verb and whatever is being stressed comes directly before the verb. If it's the verb itself that is being stressed, *egin* (do) is added after the verb so that it can receive the focus of the sentence. For synthetic verbs (verbs which have their own conjugation), we can also place 'ba' in front of the verb. So *dakit* (I know) from the verb *jakin* (to know) becomes *badakit*.

Another confusing bit for English speakers is how relative clauses are formed. In Basque, you often add an *n* to the main verb of the phrase, unless it already ends in an *n* (such as past tense verbs), and this converts that phrase into something of an adjective. For example, look at this phrase: Gizona joan da. *The man has gone* ...If we want to say "The man who/that has gone" we need to turn "joan da" into an adjective: Joan den gizona *Has gone-that man* (The man who has gone)

Many times you'll find a series of phrases like this stringed together, often with cases added to them (*joan den gizonarekin* - with the man who has gone) and it can get a bit confusing, but if you take your time and read through the sentence a couple times and check out our literal and idiomatic translations, you should be able to piece them together. And as you read through the book and its individual stories multiple times, it'll get easier!

Cases

Like many languages, Basque has a system of cases. There are quite a few cases, but fortunately they are very regular. Each case generally has four forms, singular, plural, *mugagabe*/indeterminate, and proper nouns. The singular, *mugagabe*, and proper noun forms may add an 'e' if the last letter in the stem is a consonant. Also, it's generally only the last word in a phrase which gets the case, the rest are left without any ending. So to say "with the beautiful man", we only need to put the last word in "norekin": *gizon ederrarekin* (and not *gizonarekin ederrarekin*). Let's look at a chart of the most common cases and then discuss what exactly each case is used for:

	Singular	Plural	Mugagabe	Proper Nouns
nor	-a	-ak	--	--
nork	-ak	-ek	-(e)k	-(e)k
nori	-ari	-ei	-(r)i	-(r)i
noren	-aren	-en	-(r)en	-(r)en
norentzat	-arentzat	-entzat	-(r)entzat	-(r)entzat
norekin	-arekin	-ekin	-(r)ekin	-(r)ekin
nola	-az	-ez	-(e)z / -(e)taz	-(e)z
non	-(e)an	-etan	-(e)tan	-(e)n
nora	-(e)ra	-etara	-(e)tara	-(r)a / -era
nondik	-(e)tik	-etatik	-(e)tatik	-tik / -dik
nongo	-(e)ko	-etako	-(e)tako	-ko / -go

nor

This is the neutral case. It is generally translated as *the* but sometimes it makes more sense to translate it as *a*. Direct objects and subjects of transitive verbs take this case.

nork

Also known as the ergative case. This shows the subject of a transitive verb. In Basque, you mark the subject of the verb, not the direct object (accusative) like you would in German or Russian.

nori

The dative case. Shows the indirect object, often translated as *to* in English. It's also commonly used with non-transitive verbs, similar to Spanish: *me gusta → gustatzen zait* "she/he/it is pleasing to me" (I like it/him/her) *se me ha muerto el gato → katua hil zait* "to me the cat has died" (my cat has died)

noren

The genitive case. Shows possession, similar to English *'s* or *of*.

norentzat

The benefactive case. Almost always translated as *for*. It shows who something is for, who or what it was intended for.

norekin

The comitative case. Generally can be translated as *with* when talking about company (being with someone) and not what you used to do something, which is our next case.

nola

The instrumental case. This shows what you use to do something. It's also used with languages to say *in X language*, eg. *euskaraz* (in Basque) or *ingelesez* (in English). Another use is with the meaning of *about*, eg. *zutaz hitz egin* (to talk about you).

non

The inessive case. This talks about where and when. It usually means *in*, *at*, or *on*, though it's often left untranslated in English when talking about times.

nora

The allative case. This case answers the question "to where?" You'll generally translate it as *to* when referring to a direction, going someplace.

nondik

The ablative case. This case answers the questions "from where?" and "since when?" and can usually be translated as *from* or *since*. It also can be used to show which way you are going, in which case it usually takes the meaning of *through* or *by*.

nongo

This is another genitive case, but is used for places. This case can be a bit confusing and it can be difficult to decide which one to use, but in general we use this case when talking about a place or time, such as *goizeko hamarrak* (ten of the morning, 10am) or *kotxeko giltzak* (keys of the car, car keys). It's also frequently used to talk about where a person or thing is from, eg. *Bilboko taberna bat* (a "Bilbao" bar, a bar in Bilbao) or *Nafarroakoa naiz* (I am of Navarre, I'm from Navarre).

Verbs

The Basque verb system is infamous for being complex. It's not really that complex once you start to get familiar with it, but there are a lot of forms and it can take a long time to get used to them. I recommend finding a Basque verb chart (such as this one from Wikipedia) and either printing it out or keeping it handy on your phone/computer. Luckily, most verbs in Basque aren't usually conjugated, they use an auxiliary verb along with the participle.

The participle has three main forms, the perfect stem (*egin*, *hartu*, *ikusi*), which is the dictionary form, the future stem (*egingo*, *hartuko*, *ikusiko*), and the imperfect stem (*egiten*, *hartzen*, *ikusten*). These combine with the auxiliary verb to give us a flexible range of tenses.

The auxiliary verb has a few different types, depending on what kind of verb it is. Verbs are generally split into transitive verbs, whose subject takes the ergative/nork case, and intransitive verbs, whose subject takes the absolutive/nor case. Intransitive verbs take the auxiliary verb *izan* and transitive verbs take the auxiliary *ukan*. Let's look at the intransitive verbs first.

Intransitive Verbs

nor

These are your standard intransitive verbs. They have a subject but no object, such as *joan* (to go), *etorri* (to come), and *jaiki* (to get up). The auxiliary verb only tells us the subject, ie. who's performing the action. The *nor* auxiliary verb looks like this in the present tense:

naiz	(I) am
da	(he/she/it) is
gara	(we) are
zara	(you sg) are
zarete	(you pl) are
dira	(they) are

nor-nori

These verbs have a subject and an indirect object, but no direct object. We don't have many of these kinds of verbs in English, but they are more common in Basque. If you know some Spanish, many of these verbs should feel familiar to you. First, let's look at the present tense forms:

nor	nori
natzai	t
zai	o
gatzaiazki	gu
zatzaizki	zu
zatzaizki+te	zue
zaizki	e

The most common forms you will see are the *zai-* and *zaizki-* forms. These are the third person singular and plural forms. The form on the left tells us the subject (the *nor*) and the form on the right tells us the indirect object (the *nori*). An example might help clear this up:

gustatzen zatzaizkit
be pleasing / you are to me (I like you)

...gustatu is the verb *to be pleasing, to like*. We can see that the subject is *you* because of the *zatzaizki-* (you) form. We can tell who the indirect object is from the *-t* (to me) form. It can be a bit confusing at first, but once you get used to it, it's interesting just how much information can be put into one little verb!

Transitive Verbs

nor-nork

These are your standard transitive verbs. They have a subject and an object, verbs like *ikusi* (to see), *erosi* (to buy), and *jakin* (to know). The auxiliary verb tells us who the subject is, ie. who's performing the action, and who/what the object is, ie. who's receiving the action. Here's the *nork* auxiliary verb in the present tense (the left side is the object/*nor* and the right side is the subject/*nork*):

nor	nork
nau	t
du	--
gaitu	gu
zaitu	zu
zaituzte	zue
ditu	(z)te

The most common forms you will see are the du/ditu forms. The "z" only shows up in the forms ending in -tu, giving you *ikusi gaituzte* (they saw us), *ikusi zaituzte* (they saw you), and *ikusi dituzte* (they saw them). The other forms (naute, dute, zaituztete) add "te" directly. Let's analyze a few examples to see how the system works:

etxea ikusi duzu
the house / seen / it you have (I saw/have seen the house)

...du- tells us that the object is 3rd person singular (referring to the house) and *-zu* that the subject is *you*.

ikusi zaitut
seen / you I have (I saw/have seen you)

...*zaitu-* tells us the object is 2nd person singular (you) and *-t* that the subject is *I*.

ikusi ditu
seen / them he has (he saw/has seen them)

...*ditu-* tells us the object is 3rd person plural (them) and the lack of ending -- shows us the subject is *he/she/it*.

nor-nori-nork

These verbs contain quite a bit of information, they have a subject, an indirect object, and a direct object. These are often verbs of giving, showing, and telling, like *esan* (to say), *eman* (to give), and *erakutsi* (to show). Let's look at the present tense forms:

	t/da	t
	o	-
di(zki)	gu	gu
	zu	zu
	zue	zue
	e	te

The *t/da* just means that if there's anything after it, the *t* changes into *da*. So we say *esan dit* (he/she told me) but *esan didazu* (you told me). Here are a couple examples:

mutilek esango dit
the boy / will tell / it to me (the boy will tell me)

...*di-* tells us that the object is 3rd person singular, *-t-* tells us that *I* am the indirect object, and the empty ending tells us that the subject is 3rd person singular, the boy.

argazkiak erakutsi dizkizut
pictures / shown / them to you I have (I showed/have shown you the pictures)

...*dizki-* tells us that the object is plural (pictures), *-zu-* tells us that the indirect object is *you*, and *-t* tells us the subject is *I*.

giltzak eman dizkidate
keys / given / them to me they have (they gave/have given me the keys)

...dizki- tells us we have a plural object (the keys), we have *-da-* instead of *-t-* because it's not the end of the word and it tells us that *I* is the indirect object, and lastly *-te* tells us that the subject is 3rd person plural *they*.

Negative Sentences

Negative sentences are formed with the word *ez* (no). When we negate a sentence, the order changes a bit, generally sending the participle to the end of the phrase:

Galtzak eman dizkidate → Ez dizkidate galtzak eman

Etxea ikusi duzu → Ez duzu etxea ikusi

Final Notes

If you are new to studying Basque, we hope these tips help you get a better grasp on Basque word order better and make the cases more accessible. This is by no means a comprehensive grammar of the language, but we hope it's enough to get you started! If you have any questions about the text or the translation, please get in touch, we'd be happy to answer your questions. We hope you enjoy learning Basque and learning about the incredible world of Basque mythology!

Table of Contents

Chapter   Page

Ezaugarri nagusiak
Main Characteristics

Ea — Let's see
ba, — then
Euskal — Basque
mitologia — mythology
nolakoa — what kind
den — is

ulertzeko, — in order to understand
lehenik, — first
mitoa eta mitologia — myth and mythology / myth and mythology's

zer — what / definition
den — is
argitzea — to clarify
komeni — convenient / is helpful for us
zaigu. — is to us

Mitoek — Myths
gizakiak — mankind / to humans'
dituen — has-that
galdera — (to the) question(s) / most profound questions
sakonenei — most profound

eta — and
bere — (in) his / the around him
inguruan — surroundings
sortzen — emerge
zaizkion — to him-that
gertakari — (to) happening(s) / events

ulertezinei — incomprehensible / that are incomprehensible
erantzuna — answer
ematen — give
diete. — to them / (myths) give an answer

Bizitzaren — Life's
misterioak — mysteries
eragiten — bring about / cause
duen — does-that
jakinmin — curiosity (knowing-pain)

eta — and
egonezinari — anxiety-to (being-inability)
erantzuten — answers
die — to them
eta — and

bere ing[t]uruko
his surrounding
around him

fenomeno naturalei
phenomenon natural-to
natural phenomenons

azalpena ematen die.
explanation gives to them
(myths) offer an explanation

Azalpen eta erantzun guztiak era
Explanation(s) and answer(s) all (in a) manner

fantastikoan ematen dira. Gizakiaz gaindiko
fantastical given are Human super
Superhuman

ahalmenak dituen jainko edo pertsonaia
abilities have-that god(s) or character(s)

mitologikoek parte hartzen dute azalpen
mythological part take do (in) explanation(s)
take part

horietan.
these

Euskal mitologia historiaurreko garaietatik datozen
Basque mythology (from) prehistorical times come-that
from prehistorical times stemming

sinesmen, pertsonaia mitiko eta elezaharren
belief(s) character(s) mythical and legends'

multzoak osatzen dute.
group / make up / do
is made up from

Historiaurretik,   **euskaldunek**
Since prehistory   Basque people
    by the Basque people

mundu mitologiko bat   **eraikitzen joan dira;**
world / mythological / a   building / gone / have
a mythological world   has been built

bertako   **sinesmenekin**   **batera**   **kanpoko**
(with) native / beliefs   at the same time / foreign

eragin asko jasoz eta bereganatuz. Baina,
influence(s) / many / picking up / and / appropriating / But
(towards oneself-ing)

oro har,   **Euskal**   **Herriko**   **mitologiak**
all / taken / (the) Basque / Country's / mythology
in general

ezaugarri propioak dituen mitologia bat da.
characteristic(s) / own / has-that / mythology / a / is
a mythology with its own characteristics

Euskal mitologiaren ezaugarri nagusiak hauek
Basque / mythology's / characteristic(s) / main / these
the following

dira, nire aburuz:
are / (in) my / opinion

1 Antzinatasuna
1   Antiquity

Euskal	mitologia	historiaurretik	datorren	mitologia
Basque	mythology	from prehistory	comes-that	(a) mythology

da.	Mitologiak,	berez,	gizakiak	mundua
is	Mythology	by its very nature	mankind	the world

ikusteko	modua	islatzen	digu,	eta	gure	mitologiak
seeing-of	way	reflects / shows	to us	and	our	mythology

gizaki	prehistorikoaren	ikuspegia	nabarmenki
mankind	prehistoric's	perspective	in an obvious way

adierazten	digu.
expresses	to us

2 Izaera lurtarra.
2 Nature terrestrial
  A terrestrial character

Ama	Lurra	da	jainko	nagusia	eta	Mari,	bere
Mother	Earth	is	(the) goddess	main	and	Mari	her

pertsonifikazioa,	pertsonaia	mitologiko	guztien
personification,	character(s)	mythological	all's
	(she) of all the mythological characters		

nagusia da. Elezaharrak diotenez Eguzki Amandre
master is (as) the legends say Sun Grandmother

nahiz Ilargi Amandre jainkoak Ama Lurraren
and Moon Grandmother gods Mother Earth's

alabak dira, eta bere barnean bizi dira.
daughters are and (in) her inside live do
inside her

3 Emakumezkoaren nagusitasuna
3 Women's superiority

Lehen aipatu dugun bezala, euskal
Before mentioned we have like (in the) Basque

unibertso mitologikoan emakumea da nagusi.
universe mythological the woman is master
mythological universe

Jainko nagusiak, Ama Lurra eta Mari
(The) god(s) main Mother Earth and Mari
The main gods

emakumezkoak dira, eta Eguzki Amandrea eta
women are and Sun Grandmother and
are women

Ilargi Amandrea ere bai.
Moon Grandmother also yes
as well

4 Izaera baketsua

4 Nature peaceful

A peaceful character

Euskal **mitologian** **jendeari**

(In) Basque mythology to the people

beldurra eragiten dioten pertsonaia gaiztoak badira,

fear cause do-that character(s) bad there are

causing fear bad characters

jakina, baina ez da ageri guda edo borroka

of course but not is obvious (any) war or fight

ospetsurik gure elezaharretan, ez

famous (in) our legends neither

beraien artean ez eta pertsonaia mitologiko eta

their between not and character(s) mythological and

amongst themselves nor

gizakien artean.

humans' between

5 Gizakiarekiko hurbiltasuna

5 Mankind-with closeness

Closeness with mankind

Jainko eta pertsonaia mitologikoek gizakiaz gaindiko

God(s) and character(s) mythological human super

superhuman

dohainak **dituzte** **eta** **gizakiak** **horienganako**
gifts · have · and · mankind · towards them

miresmena **du,** **baina,** **hala** **ere,** **badituzte**
admiration · has · but · that way · also / nevertheless · they have

harremanak **beraien** **artean.** **Harreman** **hauek**
relationships · their · among / amongst each other · Relationship(s) · these

elezahar **askotan** **agertzen** **zaizkigu.**
(in) legend(s) · many · appear · to us

6 Naturarekiko harremana
6 · Nature-with · relationship
A relationship with nature

Antzinako **euskaldunak,** **herri** **primitibo** **guztiak**
(The) ancient · Basque people · people(s) · primitive · all

bezala, **naturarekin** **orekan** **bizi** **ziren,** **naturaren**
like · with nature · in balance · lived · did · nature's

parte **ziren,** **eta** **natura** **osotasunean** **gurtzen**
part · they were · and · nature · in (its) totality · worshipped

zuten. **Mari,** **Ama** **Lurraren** **errepresentazio** **den**
they did · Mari · Mother · Earth's · representation · is-that

jainko nagusia, naturaren jainkoa da, naturan
(the) god   main   nature's   god   is   in nature

oreka mantentzen du, fenomeno naturalak sortzen
balance maintains does phenomenon natural creates
(phenomena)

ditu eta naturaren zikloa irudikatzen du
does and nature's cycle symbolizes does

(sorkuntza- bizitza- heriotza)
birth   life   death

7 Ahozko transmisioa.
7   Oral   transmission

Haitzulo atariko sutondoan elezaharrak
(At the) cave entrance's fireplace legends

irudikatzen eta kontatzen hasi zirenetik
imagined and told (since they) began to be

orain dela gutxi arte baserrietako sukaldeko
now that is little until (at the) farms' kitchens'

sutondoetan kontatzen ziren arte, milaka
in the fireplaces told were until thousands of

urteren   zehar,   belaunaldiz   belaunaldi,
years   through   from generation   to generation
over a period of

euskaldunok   mundu   mitologiko   bat   sortu   eta
(we) Basques   world   mythological   a   created   and

transmititu   dugu.   Transmisioa   hau,   milaka
passed on   have   Transmission   this   (for) thousands of

urtez   ahoz-aho   egin   da   eta   euskaraz
years   from mouth to mouth   done   has been   and   in Basque

egin.
done

Antzinako Euskal Jainkoak
The Old Basque Gods

Euskal
(In the) Basque

Herriko
Country's

elezaharretan
legends

Lurra,
the Earth

Ama-Lurra,
Mother-Earth

agertzen
appears

zaigu
to us

jainko
god

nagusi
main

legez.
as

as the main god

Izaki
creature(s)

guztien
all-of

bizilekua
the place of residence
the home

eta
and

babesa,
protection
(of all creatures)

berezko
(her) own

bizitza
life

indarra
force

duena
having

eta
and (being)

natura
nature

guztiaren
all-of

sortzailea.
the creator

the creator of all nature

Landareen
plants'

eta
and

animalien
animals'

izatea
being
existence

berak
she

ziurtatzen
ensures

du,
does

ensures

eta
and

gizakioi
to us humans

ere
also

berak
she

eskaintzen
offers

digu
to us

beharrezko
(the) necessary

she also offers us human beings

11

elikagaia **eta** **bizilekua.** **Lurra**
foodstuff — and — (a) place to live — The Earth

ontzi erraldoi bat da, **ontzi mugagabe bat;**
container giant a — is — container limitless a
a giant container — a limitless container

non hildakoen arimen eta pertsonaia mitologiko
where — the dead's — soul(s) — and — character(s) — mythological
souls of the dead

gehienak bizi dira.
most — live — do
they live

Marik, **euskal** **mitologiako** **pertsonaia**
Mari — Basque — mythology's — character

garrantzitsuenak, **berebiziko** **harremana** **du**
most important — extraordinary — relationship — has

lurrarekin. **Sinismen** **zaharretan** **Ama-lurraren**
with the earth — (in the) belief(s) — old — Mother-Earth's

pertsonifikazioa izan zitekeen. Bere bizilekua
personification — been could have — Her — place of residence
she could have been

lur barnea da, hain zuzen ere, haitzuloetan
earth inside — is — so — straight — also — in caves
the inside of the earth — precisely

bizi baita.
lives   since she does
as she lives

Eguzkia   eta   Ilargia   Ama-Lurraren   alabak   direla
the Sun   and   the Moon   Mother-Earth's   daughters   are-that
that (they) are Mother-Earth's daughters

azaltzen dute   sinesmen   zaharrek.   Egunero,
explain   do   (the) belief(s)   old   every day
(the old beliefs) explain

bere ibilbidea egin ondoren   amaren   barnean
their   way   making   after   (in their) mother's   inside
after making their way   inside mother

aurkitzen   dute   babesa.
find   they do   protection
they find

Eguzkia   edo   Eguzki-Amandrea   ere   jainko
the Sun   or   Sun-Grandmother   also   goddess

garrantzitsua   izan   euskaldunentzat,   berak
important   be   da   for the Basques   she
was

ematen du beroa eta argia, eta bere menpe
gives   does   heat   and   light   and   her   under control
gives   under her control

dago   lurrean   bizitza;   eguraldi   ona   edo   txarra,
is   earth-on   life   weather   good   or   bad

uzta oparoa edo eskasa. Baina horrez gain,
harvest abundant or scarce but that above / apart from that

lurrazpiko jeinuengan botere handia du;
(over the) underground spirits (a) power big (she) has

eguna argitzean bere bizilekura
The day upon lighting up (to) their place of residence

erretira arazten baititu. Eguzki izpiek
retire forces (them) to since she does (when the) Sun rays
as she forces them to retire

harrapatzen dituztenean zenbait jeinuk eta aztik,
catch them some spirits and magicians

boterea eta dohainak galtzen dituzte. Horregatik,
(their) power and talents lose them For that reason
they lose

Eguzkiaren boterea irudikatzen duen eguzkilorea
the Sun's power represents does-that sunflower
the Eguzki Lore, which represents the Sun's power

jartzen da baserriaren sarrerako atean, jeinu
placed is (on) the farmhouse's entrance-of door spirit(s)
is placed on the entrance door

gaiztoak uxatzeko.
bad in order to scare

Ilargia **edo** **Ilargi-Amandrea** **ere**
the Moon · or · Moon-Grandmother (Grandmother Moon) · also

Lurraren **alaba** **da,** **eta** **antzinako**
Earth's · daughter · is · and · (for the) ancient

euskaldunentzat **garrantzi** **handia** **izan** **behar** **zuen,**
Basques · importance · great · had · must · did
must have had

zeren, **eguzkia** **jaungoikoaren** **begi** **bezela** **agertzen**
because · the sun · the god's · eye · as · appears
as the god's eye

bazaigu, **Ilargia** **jaungoikoaren** **aurpegi** **legez**
to us · the Moon · the god's · face · as
as the god's face

hartzen **da.**
taken · is
is taken

Hildakoen **arimak** **argiztatzen** **omen** **ditu** **Ilargiak.**
The dead's · souls · illuminates · they say · does · Moon
the souls of the dead · it is said that (Moon) illuminates

Hain **zuzen** **ere,** **batzuk** **diotenez,** **Ilargi** **hitzak**
so · straight · also · (as) some · say · Moon · the word
precisely · the word "moon"

hilen **argia** **esan** **nahi** **omen** **du.**
death's · light · say · want · supposedly · does
they say (it) means

Ortzi edo Ostri hodeien gainetik dagoen zeru

Ortzi   or   Ostri   clouds-of   above   is-that   (the) heaven

(Sky)   (Sky)   (the heaven) that is above the clouds

edo izartegia adierazteko erabiltzen da euskaraz,

or   firmament   to express   used   is   in Basque

                               is used

eguzkia,   ilargia   eta   izarrak

the sun   the moon   and   the stars

agertzen zaizkigun lekua.

appear   to us-that   the place

the place where (they) appear to us

Eskandinaviako Thor jainkoaren antza du, eta

From Scandinavia   Thor   god's   appearance   she has   and

The Scandinavian

litekeena   da   zeltiarrek

the most probable   is (that)   the Celts

what is most likely

guregana ekarritako jainkoa izatea.

to us   brought   (a) god   it is

a god (the Celts) brought to us

Aztertu   ditugun

Analyze   we have-that

jainkotasunei gainbegiratuz,   antzinako

to the divinities   glancing   (the) ancient

taking a look at the divinities (we have analyzed)

euskaldunen — Basques'

kosmologiaren irudikapen bat — cosmology-of illustration an
an illustration of (ancient Basques') cosmology

islatzen da. — reflected is / is reflected

Erdigunean — In the center

Lurra — the Earth

dugu, — we have

bizitzaren — life's

oinarri — foundation

eta — and

bizileku, — home

eta — and

bere — (in) its

inguruan — surroundings / around it

Ortzia, — Sky

Eguzkia — Sun

eta — and

Ilargia. — Moon

Egunero, — Everyday

Eguzkia — Sun

eta — and

Ilargia — Moon

amaren — (from) mother's / from inside their mother

barnetik, — inside

Lurraren — (from) Earth's / from Earth's womb

sabeletik, — womb

Ortzian — in the sky

ibilbidea — a route

burutzen dute, — carry out they do / they do

ondoren, — afterwards

amarengana — towards mother

itzultzeko — to go back

berriro. — again

Mari — Mari

berriz — on the other hand

Natura — Nature

eta — and

fenomenu — phenomenon (phenomena)

natural — natural

guztien — all-of

pertsonifikazio — personification

espirituala — spiritual

da. — is

Euskaldunek — The Basques

begi — (their) eye(s)

aurrean — in front of / in sight

zuten guztia gurtzen zuten, bere unibertso
they had-that everything worshipped did their universe
everything that they had · they worshipped

guztia: lurra, ortzia, eguzkia, ilargia eta natura.
entire earth sky sun moon and nature

Elezaharrak dioenez, Lurran iluntasuna nagusi
(as) legend says in Earth (when) darkness master
on Earth

zenean, gizakiak Ama-Lurrarengana erreguka
was humans to Mother Earth praying
(with prayers)

zuzendu ziren mehatxatzen zituzten
directed themselves threatened them-that
(the spirits) that threatened them

izpiritu eta numenen aurka borrakatzen laguntzeko.
spirit(s) and numens' against fight in order to help
against the spirits and numens

Ama-Lurrak erreguak entzunez, bere alaba
Mother-Earth prayers upon hearing her daughter

sortu zuen, Ilargia. Gizakiak bere argia
created did the Moon Men her light
(she) created

eskertu zuten, baina haren argia ez zen nahikoa
thanked did but her light not was enough
gave thanks for

gaizkiaren aurka borrokatzeko. Orduan, gizakiek,
evil's — against — to fight — Then — men
against evil

ostera ere, Ama-Lurrari argi gehiago zuen eta
again — also — to Mother-Earth — light — more — had-that — and
once again — (something) that had more light

iluntasuna garai zezakeen zerbait
the darkness — defeat — could-that — something
(something) that could defeat

eskatu zioten. Ama-Lurrak orduan bere
asked for — they did — Mother-Earth — then — her
(men) asked (Mother Earth) for

beste alaba sortu zuen, Eguzkia; eta
other — daughter — created — did — the Sun — and
created

era honetan eguna jaio zen. Harrezkero,
(in) way — this — the day — born — was — From then on
in this way — was born

egunez izpiritu txar batek ere ez
during the day — spirit — bad — one — also — not
not even one

zituen gizakiak mehatxatu. Baina, Eguzkia
did — men — threatened — But — the Sun
threatened men

Lurraren mugaldean zegoen... Itsasgorrietan
(in) Earth's — border area — was — (when) in high tides
on the border of the Earth

19

murgiltzen zenean, — submerged / it was — when it was submerged
gaua jaiotzen zen. — the night / born / was — was born
Gaizkiak, — Evil

gaua heltzean, — the night / upon arriving
bere gordelekutik — (from) its / hiding place — from its hiding place
irten eta — came out / and

gizakiak — men
mehatxatzen — threatening
jarraitzen zuen. — continued / did — continued
Orduan — Then

gizakiak — mankind
Ama-Lurrari, — to Mother-Earth
gauan zehar — in the night / throughout — throughout the night

gaizkiaren aurka — evil's / against — against evil
borrokatzeko zerbait — to fight / something — something to fight

eman ziezaien — to give / to them — to give them
eskatu zioten; — asked / her — they asked her for
eta — and
Ama-Lurrak — Mother-Earth

Eguzki Lorea — Sun / Flower — flower common in Basque mythology
sortu zuen. — created / did — created

Gauan zehar — in the night / throughout — throughout the night
bere — (from) their
bizilekuetik — home

irten ez zezaten, — go out / not / that they — that they not go out
eta — and
gaizkiaren aurka — evil's / against — against evil

babesteko   bere   etxeetako   atearen gainean
in order to protect   their   houses'   door's   above
                                         above the door

Eguzki   Lorea   jar zezaten   adierazi zien.
Sun   Flower   put that they   expressed to them
                  that they put   she expressed to them

Harrezkeroztik   Ama-Lurrak   adierazitakoa
From then on   Mother-Earth   what she expressed
                what mother Earth expressed

jarraitu zuten   gizakiek,   ez   zuten   gehiago   jasan
followed did   human beings   not   did   anymore   suffer
followed

gaizkiaren   mehatxurik.
evil's   threats

Jentilak
The Gentiles

Euskal	Herri	osoan	da	entzuna	pertsonaia
(in the) Basque	Country	entire	is	heard	character

mitologiko	ezagun	hau.	Gipuzkoan	batez	ere,
mythological	well-known	this	In Gipuzkoa	by one	also
					especially

baina	Bizkaian,	Nafarroan,	Araban	nahiz	Lapurdin
but	in Biscay	in Navarre	in Araba	and	in Lapurdin
			(Álava)	as well as	

ere		ageri	zaizkigu		jeinu	honi	buruzko
also		appeared	to us		spirit	this	about
as well as		have appeared to us			about this spirit		

aipamenak.
references

Jentilak	kristautasunaren	aurretik	lurralde
The Gentils	Christianity's	since before	(in) land(s)
	since before Christianity		

horietan	bizi	ziren	pertsona	fedegabeak
those	lived	did-that	person	without faith
	(people) that lived		(people)	

omen supposedly **ziren.** were
(the Gentils) were supposedly

Izena The name

'gentil' gentil

hitz (from a) word **latindarretik** Latin **dator,** comes **eta** and **horrela** that's how
from a Latin word

zeritzeten they called **pertsona** person (people) **fedegabeei.** without faith **Kristautasuna** (when) Christianity

etorri came **zenean,** did **beraien** their **bizimodua** way of life **aldatu** changed **egin** (emphasis)

zen, was **eta** and **mendian** in the mountain **bizi ziren,** lived they did / they lived **bakarrik,** alone **etxe** (in) house(s)

urrunetan, far away **beste** (from the) other **herritar** inhabitant(s) **kristau** Christian

guztiengandik all **aldenduta.** separated **Besteengandik** From the others **aldenduta** separated

bizi baziren lived they did **ere,** although / even though they lived **fededunekin** with the faithful **bakean** in peace **bizi ziren.** lived they did / they lived

Kristauek The Christians **jentila** gentil **deitzen** called **zioten** him / (the Christians) called **pertsona** (a) person

fedegabeari. Gizaseme basatiak, erraldoiak eta
without faith   man   wild   giant   and
(men)

indartsuak ziren, harkaitz puska ikaragarriak
strong   they were   boulder   piece(s)   enormous
enormous boulder pieces

urrutira botatzen zituztenak. Hori dela eta,
to far   threw   ones who   for that reason
(far)
ones who threw

leku askotan agertzen diren harritzarrei
(in) place(s)   many   appear   do-that   the huge rocks
in many places   (the rocks) that appear

Jentilarri deitzen zaie. Oro har, monumentu
jentil-harri   called   are   in general   monument(s)
(gentil rocks)   are called

megalitikoen sortzaile bezala agertzen zaizkigu.
megalithic-of   (the) creator   as   appear   to us
they appear to us

Lehen meatzariak, lehen gari landatzaileak,
(the) first   miners   (the) first   wheat   planters
were

lehen errementariak, lehen errotariak... ere
(the) first   blacksmiths   (the) first   millers   as well

izan dira jeinu hauek. Lehenengo elizen
were   spirit(s)   these   (in the) first   churches'

eraikuntzan **ere** **lagundu** **omen** **zuten** **haien**
construction also helped supposedly did (with) their
they are said to have helped

indar **itzelarekin.** **Hala** **izan** **omen** **zen**
strength enormous That's how been supposedly was
it was said to have been

Bizkaian, **Ondarroan** **eta** **Markinan;** **Gipuzkoan,**
in Biscay in Ondarroa and in Markina in Gipuzkoa

Zumarragan **eta** **Oñatin;** **Araban,** **Opakuan;**
in Zumarraga and in Oñati in Araba in Opakua
(Álava)

Nafarroan, **Urdiainen...**
in Navarre in Urdiain

Jentilen Akabera
Gentil's End

Behin **batean,** **Jentilek,** **Aralarko** **muino batean**
Once upon a time the Gentils (on) from Aralar hill one
on a hill in Aralar

jolasean **ari** **zirela,** **laino** **argitsu** **bat** **ikusi** **omen**
playing were as they cloud shiny a saw it is said

zuten **hurbiltzen** **ekialdetik.** **Izututa,** **jakintsu** **nagusi**
they did getting closer from the East Scared wise old man

batengana	joan	omen	zuten.	Jakintsuak,	laino
one-to	went	it is said	they did	the wise man	cloud

distiratsua	ikusi	zuenean,	honela	esan	zuen:	▯Kixmi
shiny	saw	when did	like this	say	did	Kixmi

jaio	da,	gure	askaziak	bereak	egin	du,	bota
born	has been	our	race		is finished		throw

nazazue	amildegitik	behera."	Jentilek	jaurti	zuten
me	from the cliff	down	the Gentils	threw	did

agurea,	eta,	lainoa	atzetik	zutela,	korrika
the old man	and	the cloud	behind	them having	running

abiatu	ziren	mendebalderantz.
leave	did	to the West

Arraztarango	haranera	iritsi	zirenean,	harri
(to) Arraztaran-of	the valley	(when) arrived	they did	rock
to the valley of Arraztaran				

zabal	handi	baten	azpian	sartu	omen	ziren
wide	big	one-of	under	got	it is said	they did

ezkutatzeko	asmotan.
to hide	with the intention
with the intention of hiding	

Geroztik, harlauza handi horri Jentilarri deitzen
since then / stone / big / that / Gentilstone / called

zaio, eta herri-sinesmenak dio azken Jentilak
is / and / popular belief / says / the last / Gentils

bertan hilobiratuak daudela. Jentilarri hori, benetan,
there / buried / are / Gentilstone / that / really

historiaurreko monumentu bat da, trikuharri bat da,
prehistoric / monument / a / is / dolmen / a / is

hain zuzen ere. Ondoko irudian agertzen
to be precise / (in the) following / picture / appears

zaigun trikuharria da Aralarko Jentilarria.
to us-that / dolmen / is / Aralar-from / Gentilstone the Aralar Dolmen

Jentila eta kristaua
the Gentil / and / the Christian

Muskizko koban bizi zen jentil batek behin
(in the) Muskiz-of / cave / lived / did-that / gentil / a / once

kristau bat harrapatu omen zuen. Kobatik
Christian / a / caught / it is said / he did / from the cave
caught a Christian

27

alde egin ez zezan, eraztun magiko bat
side make   not so that he did   ring   magic   a
leave   so that he did not

eskuko behatz batean sartu omen zion, "hemen
(on his) hand's finger   one   put   it is said he did   here

nago, hemen nago" deiadarka aritzen zena.
I am   here   I am   calling   keep   one that did

Behin, kristaua jentilak pilatuta zituen
once   the Christian   the gentil   piled up   had-that

ardi-larruen artean ezkutatu omen zen.
sheep skins   between   hid   it is said   he did

Eraztunaren hotsa urruti xamar entzuten zuela
the ring's   noise   far   quite   heard   he did

eta, kanpotik ote zetorren pentsatzen jarri
and   from the outside   maybe   it came   thinking   began
because

zen eta atea ireki zuen, kobatik irtenez.
he did and the door opened he did from the cave going out

Orduan, kristauak larru pila astindu eta
then   the Christian (the) skin pile shook off and

lasterrari emanda jesus batean handik alde egin
to fast / given / (in) Jesus / one / from there / side / made
having started running / in a hurry / left

omen zuen.
it is said / he did

Baina jentilak eraztunaren hotsa entzun, eta
but / the gentil / the ring's / noise / heard / and

bere atzetik jarraitu zuen korrika. Kristauak
(from) his / behind / followed (him) / did / running / the Christian
behind him

berehala etsi egin omen zuen orduan
soon / despaired / (emphasis) / it is said / he did / then

egoera ikusita, eta
the situation / (after) having seen / and

eraztuna zeraman behatza moztu eta
the ring / carrying-that was / finger / cut off / and
the finger that was carrying the ring

Mekolaldeko ibaira botatzea pentsatu, eta, egin,
Mekolalde-of / the river / to throw / think / and / do

egin zuen. Jentilak, eraztunaren deiadarrak
did / he / the gentil / the ring's / calling

errekako osinetik zetozela entzutean,
(from) the river's abyss coming-that it was upon hearing

bertara salto egin zuen eta han ito zen.
there jump make he did and there drowned he did
he jumped

Urrezko Izara
the Golden Sheet

Ataunen baziren senar-emazte batzuk San Martin
in Ataun there were husband and wife some St Martin
some husbands and wives

gorenean bizi ziren jentil batzuen
on top live did-that gentils some-of
some gentils'

lagun egin zirenak.
friends become that had
who had become friends (of the gentils)

Arratsaldero-arratsaldero jentil horiek herrira
every afternoon gentil those to town

jaisten omen ziren eta
come down it is said did and

senar-emazte haien etxean batzen omen ziren
couple that-of home-in gathered it is said they did
in that couple's home

solasean eta kartetan aritzeko. Eta oso arratsalde
chatting and playing cards to stay and very afternoon

eta gau parte gozoak pasatzen omen zituzten,
and night time good spend it is said they did

harik eta gauerdiko oilarrak
until midnight the rooster

kukurruku jotzen zuen arte.
cock-a-doodle-doo hit did until
crowed

Egun batean, etxekoandrea gaixotu egin zen,
day one-on the woman ill became did

baina, hala ere, egunero jaisten ziren jentilak.
but that way also everyday came down did the gentils

Orain, ordea, urrezko hariz egindako izara bat
now instead golden thread made of sheet a

ekartzen zuten eta ohe gainean zabaltzen zuten.
brought did and bed on top extended did

Gaueko hamabietan, oilarrak jotzen zuenean,
at night twelve o'clock (when) the rooster chanted did

31

izara bildu eta alde egiten zuten.
the sheet took and side made they did
they left

-Konturatu al zara zer izara? -galdetu zuen
noticed have you what a sheet ask did

emazteak eta senarrak baietz erantzun zion-,
the wife and the husband yes answered did to her
answered her

Urrezkoa da... -jarraitu zuen etxeko-andreak-
golden it is continue did the wife

erreal politak emango lizkigukete
real nice give would to us
(old Spanish currency) they would give us

horrengatik...
for that

Eta biek elkarri begiratu zioten hitzik ere esan
and both to each other look did a word even saying

gabe.
without

Biharamun gauean jentilak beti bezala agertu
the next day at night the gentils always as appeared
as always

ziren, garai-garaian eta ohazal eder harekin,
did on time and cover beautiful that-with

ohe gainean zabaltzeko. Gaua giro
the bed over to extend the night (in an) atmosphere
over the bed to spread it

ederrean igaro zuten, baina bi baserritarrek
nice spent they did but (the) two farmers

diruzalekeria barru- barruraino sartua zuten eta,
greed to the core taken had and
(because)

erraldoiak bestetan zeuden une batean,
the giants at something else were moment in a

gizonak iltze batzuk hartu eta ohezurari josi zion
the man nail(s) some took and to the bed nail did

izara.
the sheet

Oilarrak jo zuenean, jentilak izara asotzera
the rooster chant when did the gentils the sheet to take

joan ziren, baina ezin izan zuten, iltzez josia
went did but couldn't they nailed full of

zegoelako.   Indarrez tira eta hautsi egin zuten.
because it was with strength pull and break   it they did

Haserreturik, alde egin zuten   handik etxeko
angered   they did from there home

jabeei madarikazio bat bota ondoren:
owners   curse   a throwing after

-Etxe hau zutik dagoen bitartean hemen ez da
house this standing   is   as long as   here not will

faltako begibakar, besamotz edo herrenik.
lack   one-eyed   limp   or   lame

Eta, Ataunen kontatzen denez behintzat, urte
and in Ataun   tell   as it is at least years

askotan horrelaxe izan omen zen.
for many like that was it is said it was

Etsai
Etsai (devil)

Izen ezberdin anitz hartzen dituen jeinu hau,
Name(s) different many takes does-that spirit this
(spirit) who takes

Euskal Herriko leku ugaritan agertzen da.
Basque Country-of the place(s) in many appears does
in many places it appears

Infernuko etsaia dugu Etsai, jeinu gaiztoa
Hell's devil is Etsai (a) spirit bad
(literally: we have)

eta erlijioaren arerio. Gizakiei kalte egitea
and religion's opponent to humans harm to do
humans to hurt

du helburu, edota
he has (as his) objective or
it's his objective

gaizto joka dezaten eragitea. Dena den, ez da
badly act that they to cause all is (it) not is
to make them act wrongly However

garai ezina, eta, hainbat trikimailu erabiliz,
defeat impossible and some tricks using
invincible

libra **gaitezke** **bere** **boteretik.** **Zenbait**
(we can) free ourselves (from) his power (in) some
we can get rid of

kontakizunetan **ematen** **zaigun** **irudia** **nahikoa**
stories given to us-that image rather
we are given

irrigarria **edo** **burlazkoa** **da.** **Itxura** **ugaritan**
funny or mocking is (in) form(s) many

agertzen **zaigu:** **askotan** **dragoi** **baten** **antza** **du,**
shows up to us often dragon a's appearance he has

baita **gizaki** **itxura** **ere,** **eta** **zenbait** **animaliarena**
(a) human form and a few animals' (form)

ere **hartzen** **du.**
too takes does

Etsai eta bere ikasleak
Etsai and his pupils

Elezahar **batek** **dio** **Lapurdiko Sara** **herriko**
Legend a says Labourd-of Sara town's
Sara, Labourd

Lezea **haitzuloan** **bizi** **zela** **Etsai,** **eta**
Lezea cave-in the lived did-that Etsai and
in the Lezea cave that (he) lived

bertan eskola bat zuela.
there school a that he had
where he had a school

Bertan, zientziak, artea
There sciences art

eta letrak erakusten zituen, denbora gutxian.
and arts taught he did (in) time little
(arts and sciences) he used to teach in no time

Atxularrek, bere anaiak eta kide batzuek han
Atxular his brother and colleague(s) some there

ikasi omen zuten, eta, irakaskuntza guztien
study it is said they had and teaching(s) all's
is said that studied

trukean, ikasleren bat berarekin betiko
in exchange for student one with him forever
one of the students

morroi gelditzea eskatu zuen Etsaik. Baina,
(as a) servant stay asked did Etsai But
asked

behin batean esan omen zien galdera bat
once once he said it is said to them question one
it is said that he told them

zuzen erantzuten bazuten, ez zuela inork
correctly answered if they did not would-that nobody

Etsairekin geratu beharrik izango. Berak
with the Devil stay need have He

37

zuen   ontzi bat zerez egina zegoen galdetu zien,
had-that   pot   a   what-of made   it was   (he) asked them
   a pot that he had   what (the pot) was made of

eta ikasleek, asko pentsatu arren,   ez   zuten
and the students much   thinking   despite (they) not   did

asmatzen zerez egina egon zitekeen.
figure out   what-of made   be   it could

Etsaik   sorginekin   akelarrea ospatzen zuen
Etsai (the Devil)   with the witches   sabbath   celebrate   did

egun batean, ikasleetako bat bertara hurbildu
day   in a   the students-of one to there   got close

omen   zen, eta zelatan jarri omen zen   zuhaitz
it is said was   and   stalking put it is said did   (in) tree
                   it is said he was spying

baten   adarrean.   Sorgin   batekin   dantzan
a-of   branch   (with) witch   a   dancing

luzaro   aritu ondoren,   ikasleekin   zeukan
for a long time doing   after   with the students he had-that
             after (dancing)

auzia   kontatu zion   Etsaik   sorginari, eta
the dispute   told   to her Etsai (the Devil) to the witch and
   (Etsai) told (the witch)

ontzia ostiralean eta igandean moztutako
pot on Friday and on Sunday (with) cut

azkazalekin egina zegoela aitortu. Ikasleak belarri
fingernails made of was confessed The student ear

fina zuen, eta entzun egin omen zion.
sharp had and heard (emphasis) apparently he did

Hurrengo goizean ikasleak erantzun zuzena eman
(the) next morning the student (the) answer correct gave

zion Etsairi, eta, horrelaxe, ikasleak jeinuarekin
did to Etsai and just like that the students with the spirit

zuten zorretik libratu ziren.
had-that from the debt freed themselves
from the debt they had

ATARRABI
ATARRABI

Ezpeletan (Lapurdin) kontatzen duten elezahar
in Ezpeleta (in Labourd) tell they do-that (as) legend
(legend) that they tell

batek dioenez, Atarrabi eta anaia gazteago bat,
a says Atarrabi and brother younger one

beste ikasle batzuekin batera, Txerren edo
(with) other students some together (to) Txerren or
with some other students (Devil)

Etsairen (deabruaren) haitzulora
Etsai's (the Devil's) cave

joan omen ziren ikasketak egitera.
went it is said that they did studies to do
it is said they went

Ikasketak bukatu zituztenean,
(when their) studies finished they had

irakatsitako guztiaren truke, ikasleetako batek
taught everything in exchange for the students-of one
in exchange for everything taught one of the students

betirako berekin geratu beharko zuela
for forever with him stay have to would-that
that (one) would have to

esan zien Txerrenek. Zozketa eginik,
said to them Txerren (a) draw having done
told them having drawn lots

Atarrabiren anaia gazteari
Atarrabi's brother young

suertatu zitzaion geratzea. Bere anaia hain larri
happened to him to stay his brother so serious
happened by chance to have to stay

eta triste   ikusi zuenean,   Atarrabik bere burua
and   sad   saw when he did   Atarrabi   his   head
       when he saw (his brother)   himself

eskaini   zuen   anaiaren   ordez   eta   etsaiak
offered   did   (his) brother's   behalf   and   the Devil

onartu egin   zuen.
accepted (emphasis)   did
accepted

Txerrenek   bere biltegi handian   zuen
Txerren   (in) his storehouse   big   he had-that
                     (flour sieve) that he had in his big storehouse

    irina   bahe batetik pasatzeko   agindu zion,
(through) flour sieve   a   to pass   order   did
    through a flour sieve   (Txerren) ordered him

baina ezinezko lana zen hura, irina eta zahia biak
but   impossible work was that flour and rests both

batera joaten baitziren   bahearen   saretik.
together   go   as they did through the strainer's   net
    as they went together

Etsaiak behin eta berriro galdetzen zuen:
the Devil once and again   ask   did
         over and over   would ask

-Atarrabi, non haiz?
Atarrabi   where are you?

Eta hark erantzuten zion:
And   that   answers   to him/her
              answered him

-Hemen nago!
 Here   I am!

Atarrabik leku hartan gehiago ez jarraitzea erabaki
 Atarrabi   place in that more   not continue   decided
              in that place   to not continue any longer

zuen   eta   baheari   "hemen   nago"   esaten
 did   and   to the strainer "here   I am"   to say

irakatsi zion.   **Horrela,**   **Txerrenek**
  teach   he did   that is how   Txerren
he taught (the sieve)

betiko galdera hura   **egiten zuenean,**   **baheak**
forever question that   made   when he did   the strainer
    the usual question   when he asked

erantzungo   zion.   **Etsaia**
would answer   did to him   the Devil
    would answer him

bestetan   arduratuta   zegoen   momentu   bat
in something else paying attention   was   moment   a
      paying attention to others

aprobetxatuz,   **Atarrabi**   **haitzuloaren**
taking advantage of   Atarrabi   (towards the) cave's

sarrerarantz
towards entrance

abiatu zen **atzeraka** **ibiliz,** **hori baita** **haitzulo**
start did — backwards — walking — this / as it is — cave
started moving — — — since this is

magiko batetik ateratzeko era bakarra, **ez** **ahaztu!**
magical — from a — to get out — way — only — do not — forget
the only way to get out

Hanka **bat** **haitzulotik** **kanpora** **atera** **zuenean**
leg — a — from the cave — outside — take out — had

bertan ikusi zuen Txerrenek zertan ari zen, eta
there — see — did — Txerren — what — doing — he was — and
(Txerren) saw

ihes egiten **ez uzteko** **joan** **zitzaion**
escape — to do — not / to leave — go — went to him
to escape — in order to not let (him escape)

bidea **moztera;** **beranduegi,** **ordea...!** **Atarrabi**
the way — cut off — too late — though — Atarrabi

haitzulotik **kanpo** **eta** **etsaiaren** **ahalmenetatik**
from the cave — outside — and — the Devil's — from the powers

urruti **zegoen...** **Atarrabiren** **itzala,** **ordea,** **barruan**
far away — he was — Atarrabi's — shadow — however — inside

zegoen oraindik, eta etsaiak harrapatu egin zuen.
was — still — and — the devil — catch — did — did
caught it

Urteak joan ziren eta Atarrabi apaiz egin zen.
Years pass did and Atarrabi priest become did

Itzalik gabe jarraitzen zuen. Meza garaian
shadow without continue did mass time
he was still

baizik ez zitzaion agertzen itzala,
except not did (to him) appear the shadow
only

kontsagrazioko unean, hain zuzen.
con- moment so straight
exactly

Zahartzen ere ari zen Atarrabi eta egun batean
getting old too (-ing) was Atarrabi and day one
one day

ala bestean hil behar zuela eta sakristauari
or another to die had to did-that and to the sacristan
that he would have to

deitu zion:
called he did

-Badakik kontsagrazio unean baizik ez
you know consacration during the moment except not
during the moment of consecration only

dudala izaten itzala eta, nola edo hala, une
I do have a shadow and how or that way moment
that I have somehow

horretantxe hil behar diat... bihar meza garaian,
in that very / die / have / I do / tomorrow / (at) mass / time
I must die / during mass

itzala nire alboan ikusten duanean,
(the shadow / (at) my / side / see / when you do

hil egin behar nauk.
kill / (emphasis) / have / you (to me)
you have to kill me

Sakristauak hitz eman zion baietz,
the sacristan / (his) word / gave / did to him / that yes
gave him his word

hilko zuela, baina momentua iritsi zenean
to kill / he would / but / (when) the moment / arrived / did
that he would kill him

barruak ez zion utzi.
his inside / not / did to him / let
didn't let him

-Begira, horrek
look / that

ez dik inolako penarik eman behar -esan zion
not / to you / any kind of / sorrow / give / have to / said / to him
must not give you any sorrow

Atarrabik- itzala dudanean hiltzen ez banauk
Atarrabi / the shadow / when I have / kill / not / you to me
if you don't kill me

beste edozein momentutan hilko nauk eta orduan
(at) other / any / moment / die / I will / and / then

bai salbaziorik ez dudala izango, Txerrenen
yes / salvation / not / I will have / (in) Txerren's
certainly / / I will not have

mende geratuko bainauk betirako.
power / remain / since I will / forever
/ since I will stay

Biharamunean, sakristaua berriro ere Atarrabiri
The following day / the sacristan / again / also / Atarrabi
/ / once again

azken kolpea emateko prest zegoen baina
(the) last / strike / to give / ready / was / but

hartan ere ez zuen kemenik izan eta,
then / also / not / did / guts / have / because
in fact / he didn't have the guts

kontsagrazioaren ondoren, itzala desagertu
the consecration / after / the shadow / disappeared
after the consecration

egin zen.
(emphasis) / did

-Bihar bertan hilko nauala
tomorrow / right there / kill / me that you will

agindu behar didak   -esan   zion   Atarrabik-.
promise have to you to me said   to him Atarrabi
  you have to promise me

Gero   nire   gorpua   haitz baten gainean   utziko
afterwards my   body   (rock one   over   leave
          over a rock

duk;   beleek   eramaten   banaute,   betirako galdua
you will the crows   take   if they (to me) forever   lost
      if they take me

nauk   baina   usoek   eramaten   banaute,   salbatu
I am   but   doves   take   if they (to me) saved

naizen   seinale izango duk hori.
I have been-that (a) sign   be   it will that
      that will be

Hirugarren aldian, sakristauak bere indarrak bildu
the third   time   the sacristan his   strength gathered

zituen eta,   itzala   agertu bezalaxe,   burdinazko
did   and   the shadow appeared as soon as   (with) iron

barra   batekin   Atarrabi   buruan   jo   eta
rod   a   Atarrabi   in the head struck and

zerraldo   bota   zuen   hilda.   Gero,   gorpua haitz
coffin   dropped did him dead   Afterwards, the body rock
  knocked him out

baten gainean jarri eta usotalde batek
a   over   put   and   flock of doves   a

eraman zuen.   Sakristaua begira egon zitzaien
took   did   the sacristan   looking   was   to them
took him   at them

urrunean gorde ziren arte.
in the distance   hid   themselves   until

Tartalo

Tartalo (Basque cyclops giant)

Begi bakarreko gizon erraldoia da jeinu gaizto hau,
eye   only   man   giant   is   spirit   evil   this
  one-eyed

lanbidez artzaina. Herrietako gazteak bahitu eta
by trade   (a) shepherd   towns-from   young people   kidnaps   and
works as a shepherd

jan egiten ditu pizti anker honek, eta,
eat   does   beast   cruel   this   and
(he) eats them

hori dela eta, izua eragiten du
this   and   scare   create   does
that is why

Euskal Herriko zenbait bailaratan.
(in) the Basque   Country-of   some   valleys
in some valleys of the Basque Country

Munduko mitologia ezberdinetan oso ezaguna da
(in the) World's   mythology   different   very   well-known   is
  (mythologies)   (famous)

ziklope hau. Greziar mitologia klasikoan, nahiz,
cyclops   this   (in) Greek   mythology   classic   or

Kantabriakoan
in Cantabrian (mythology)

eta
and

Gaztelakoan
in Castilian (mythology)

aurkitu genezake.
find (him)   we can
we can find him

Azken hauetan
(in) last   these
in these last places

Ojancano
Ojancano

izena   hartzen du.
the name   he takes   does
he goes by the name

Tartalo esker onekoa
Tartalo   thank   good
thankful

Munduan   beste asko bezala,
In the world   other   many   as
like many others

Nafarroa Beherean
Navarre   (in) Low
in Low Navarre

guraso batzuk bizi ziren beren hiru semeekin.
parents   some   live   did   their   three   with sons

Behin batean,   aita   ehizara   atera   zen   eta
Once   in one   father   to (go) hunting   went out   did   and
once upon a time

kopetan   begi bakarra   zuen   Tartalo   erraldoia
in the forehead   eye   only   had-that   Tartalo   giant
(Tartalo) that had a single eye

topatu zuen.   Etxera eraman   eta   ukuiluan
met   did   Home   brought   and   in the barn
(the father) ran into   brought him home

gorde zuen.   Gero,   senide   eta   lagunei
left   him he did   After   (to his) relative(s)   and   friends
he left him

deitu zien   biharamunean   bere   etxera   afaltzera
called he did   the next day   (to) his   home   for dinner
he called (them)

joateko   esanez,   afalostean   animalia   harrigarri   bat
to go   telling (them)   after dinner   animal   strange   a

erakutsi   behar   ziela   eta.
show   needed   he did to them   because
because he needed to show them

Goizean   goiz   Gartzea,   seme   gazteena,   ukuilura
in the morning   early   Gartzea   son   the youngest   to the barn
early in the morning

joan   eta   aitak   ehizan
go   and   the father   while hunting

harrapatu   omen   zuen   piztiari
caught   it is said   did-that   (at) the beast
(the beast) that (father) supposedly caught

begira   aritu   zen   zirrikitu   batetik.   Halako   erruki
looking   to be   was   (from) crack   one   Such   compassion
was looking   (a)

handi   bat   sentitu   zuen   berehala
big   a   felt   he did   at once
he felt

giltzapeturik zegoen erraldoi harengatik.
locked up   was-that (for) giant   that
for that locked up giant

-Zertan lagun diezazuket? -galdetu zion.
in what   help   can-I-you   asked   him he did
          can I help you?   he asked him

-Aska nazak   hemendik -erantzun zion Tartalok.
free   you-to me   from here   answer   did   Tartalo
      free me

-Baina   giltza   ez daukat   nik   -erantzun zion
but   the key   not have   I   answer   did
              I don't have   (the boy) answered him

mutikoak.
the boy

-Giltzen   iltzean egongo duk zintzilik ziur aski;
(on the) the keys' nail   will be it is hanging sure very
   on the "key" nail   it will be   probably

hoa eta bila ezak.
go and find do
        find it

Mutikoa joan zen, giltza aurkitu zuen eta Tartalo
the boy went did the key found   did   and   Tartalo

askatu zuen.
freed   did

-Eskerrik asko! Hemendik aurrera hire zerbitzari
thank many from here forward your servant
thak you very much from now on

izango nauk! Nitaz behartzen haizenean, deitu!
will be I am (when) of me in need you are call
I will be

Gaua etorri zenerako etxea apaindua
(by the time) the night came did the house decorated
by the time the night arrived

zegoen, gonbidatuei behar bezalako harrera
was to the guests need as welcoming
a proper

egiteko. Afalostean, etxeko nagusiak ahaide eta
to do after dinner the house's owner relative and
to give

lagunak Tartalo ikustera eraman zituen, baina
friends Tartalo to see brought them he did but
to see Tartalo (he) took them

ukuilua hutsik zegoen. Orduan sentitu zuen
the barn empty was then feel did

lotsak eta amorruak bere onetik aterata,
embarrassment and anger (from) his good taken out
beside himself in anger

esan zuen:
said he did

-Gustura jango nuke oraintxe gordin-gordinik eta
gladly eat I would right now raw and

batere gatzik gabe nire piztiari ihes egiten
not any salt without my beast run away to do
without any salt to escape

utzi dionaren bihotza!
allowed that who has' heart
the heart of he who let

Aitaren hitz gogor horiek entzunda, beldurra
father's word(s) harsh those having heard fear

sartu zitzaion mutikoari eta etxetik alde egin
entered did to the boy and from home leave did
left

zuen. Luzaroan oinez ibili zen eta laster gosea
he did for long on foot walk he did and soon hunger
he walked

eta nekea jabetu zitzaizkion. Zer egin
and fatigue seized him what to do

ez zekiela zegoen baina, horretan,
not knew-that was but at that
he was (such) that he didn't know

erraldoiak esandakoa etorri zitzaion burura eta
the giant what he said came did to him to (his) head and
what the giant had said

oihuka   deitu zion:
screaming   called   he did to him

-Tartalo! Tartalo! Tartalo!
Tartalo   Tartalo   Tartalo

Erraldoi begibakarra azaldu zitzaion eta Gartzeak
Giant   one-eyed   show up did to him   and   Gartzea
                                   appeared to him

gertatutako guztia jakinarazi zion.
what happened everything   let know   did
   everything that happened   let him know

-Aurrerago hiri bat zegok eta han erregea bizi
further ahead   city   a   there is   and   there   the king   lives

duk. Haren zerbitzuan sartuko haiz lorazain.
does   (in) his   service   enter   you will   (as a) gardener

Lorategian   aurkitzen   duan   guztia   atera
in the garden   find   you do-that everything   take out
                               everything you find

ezak   eta   hurrengo   egunean
(command)   and   (the) next   day

lehen baino ederrago haziko duk dena. Hiru
before   than   more beautiful   grow   will   everything   three
   more beautiful than before   will grow

55

lore **eder** **ernatuko** **dituk,** **har itzak** **eta**
flower(s) — beautiful — grow — you will — take them — and
take them

eraman **erregearen hiru alabei,** **politena**
bring — (to the) king's three daughters — the most beautiful
to the king's three daughters

alaba **gazteenarentzat utziz.**
(to) daughter — the youngest — leaving
for the youngest daughter

Mutilak **Tartaloren** **esana** **hark agindu bezala**
the boy — Tartalo's — what he said — he — ordered — as
what Tartalo said — as he ordered

bete **zuen.** **Gaztelura** **joan** **eta** **lorazain-lana**
fulfilled — did — to the castle — went — and — the gardener's job

eskatu **zuen.** **Han** **zeuden** **barazki** **eta**
asked for — he did — there — there were–that — vegetable(s) — and
(vegetables) that were there

landare **guztiak** **zuztarretik** **atera** **zituen** **eta**
plant(s) — all — from the roots — took out — did — and

biharamunean **sekula baino indartsuago** **eta**
the next day — never — than — stronger — and
stronger than ever

ederrago **ernatu** **ziren, Hiru arrosa usaintsu ere**
more beautiful — grown — they had — three — rose(s) — aromatic — also

atera ziren eta Gartzeak hiru printzesei
grew did and Gartzea (to the) three princesses

eraman zizkien. Politena gazteenarentzat
brought them he did the most beautiful for the youngest

gorde zuen, eta erabat maitemindu zen haren
kept he did and totally fell in love he did (with) her

begi handiez.
eye(s) big

Halako egun batez hirian berria zabaldu zen
like that day one in the city news spread did
one day

erregearen alaba gazteena zazpi urtez behin
the king's daughter youngest seven years once
once every seven years

bere leizetik atera eta inguru guztiak
(from) his cave came out and surroundings all

abarrakitzen zituen herensugeari
destroyed did to the dragon
to the dragon that destroyed

eman behar ziotela. Mutilak, amodioz eta
give have to they did-that the boy with love and
that they had to give her

errukiz, Tartalori deitu eta zer gertatzen zen
with pity   Tartalo   called   and   what   happening   was

kontatu zion. Tartalok zaldi bikain bat, jantzi
told   did to him   Tartalo   horse   magnificent   a   dress
  told him

eder bat eta ezpata distiratsu bat eman zizkion,
beautiful   a   and   sword   shiny   a   gave   did to him
  gave him

eta esan zion:
and   told   did to him
  told him

-Hoa gaur gauean basora, ezkuta hadi han,
go   today   in the night   to the forest   hide   (command)   there
  tonight   hide yourself

eta hil ezak sugea burua leizetik
and   kill   (command)   the snake   (its) head   from the cave

ateratzen hasten den bezain laster.
brings out   starts   does   as soon as   soon
  starts to take out   as soon as

Gartzea basora joan zen, bada, bere lagunaren
Gartzea   to the forest   went   did   so   his   friend's

agindua betez. Sastraka batzuen atzean ezkutatu
order   fulfilling   bushes   some   behind   hid

zen, eta zain geratu zen. Biharamun goizean,
he did / and / waiting / stayed / did / the next day / in the morning
the next morning

goiz orduz, erregearen soldaduek printzesa hara
early / on time / the king's / soldiers / the princess / to there

eraman zuten eta zuhaitz bati lotuta utzi zuten,
brought / did / and / (to) tree / a / tied / left / did her
they brought her / to a tree / left her

herensugearen leize sarreraren aurre-aurrean. Eta
the dragon's / cave / entrance / right in front of / and

handik ihes egin zuten.
from there / escape / made / they did
escaped

Luzera gabe herensugeak burua atera zuen,
length / without / the dragon / (its) head / brought out / did
not long after

eta Gartzeak ezpata kolpe batez moztu zion.
and / Gartzea / sword / (with) strike / a / cut off / did

Neskaren loturak ebaki zituen eta handik
the girl's / ligatures / cut / he did / and / from there

alde egin zuen. Neskak ez zuen bere
side / make / he did / the girl / not / did / her
ran away / didn't (recognize)

salbatzailea **ezagutu** **eta** **han** **inor** **ez** **zegoela**
saviour · recognize · and · there · nobody · not · that was
that there was nobody

ikusirik, **gaztelura** **itzuli** **zen.** **Aitak**
upon seeing · to the castle · returned · did · (her) father

pozak **zoratzen** **hartu** **zuen** **eta** **jakinarazi** **zuen**
happiness · crazy · took · it he did · and · let know · did
full of joy

herensugea **hil** **zuen** **zaldun** **ausartarekin**
the dragon · killed · did-that · (with the) knight · brave
with the brave knight who had killed

ezkonduko **zuela** **alaba,** **baina** **ez** **zen** **inor**
marry · would · (his) daughter · but · not · did · anybody
he would marry

azaldu. **Orduan,** **erregeak,** **kanpai** **batetik** **eraztun**
appear · then · the king · (from) bell · a · ring
from a bell

bat **zintzilikarazi** **zuen** **eta** **handik**
a · hung up · did · and · through there

lantza **igaroarazten** **zuenarentzat** **agindu** **zuen**
a spear · made pass · did-for the one who · promised · he did
for whomever passed a spear through

alaba.
(his) daughter

Gartzeak **Tartalori** **deitu** **zion** **eta** **hark** **beste**
Gartzea · to Tartalo · called · did · and · that one (Tartalo) · another

zaldi **bat** **eman** **zion,** **aurrekoa** **baino** **askoz**
horse · a · give · did to him · the one before · than · a lot
than the one before

azkarrago **eta** **dotoreagoa,** **eta** **harekin batera**
faster · and · more elegant · and · with that · together
along with that

jantziak **eta** **zilar** **koloreko** **ezpata.**
clothes · and · (a) silver- · colored · sword

Lehiaketaren **eguna** **iritsi** **zenean**
competition-of · the day · arrived · when it did
the day of the competition

Euskal **Herri** **osotik** **joandako** **zaldun** **pila**
Basque · Country · from the whole · coming from · knight · lot of
from the entire Basque Country

bat **zegoen,** **erronka** **hura** **irabazteko**
a · there were · contest · that · to win

zein baino zein prestuago, **baina**
who · but · who · ready · but
each one as ready as the others

kanpai baten **mihitik** **zintzilik**
bell · one · from the tongue · hanging
from the tongue of a bell

dagoen eraztun batetik   **lantza**   **pasaraztea**
is-that   ring   through a   a spear   sending through
through a ring that is

uste baino lan zailagoa da.   **Gartzearen**   **txanda**
believe than work harder is   Gartzea's   turn
is harder than thought

iritsi   **zen.**   **Tartaloren zaldi gainean**   **zihoala,**
arrive   did   Tartalo's horse over   as he went
on top of Tartalo's horse

hain laster igaro zen aurretik non ikusle askok
so fast pass did in front of that spectators many
he passed so fast

ez baitzuten ia ikusi ere, eta garbi-garbi pasatu
not did almost see even and clean pass
they almost didn't see him

zuen lantza eraztunetik; gelditu ordez, ordea,
did the spear through the ring stop instead however
instead of stopping

galopan jarraitu zuen.
galloping continue did

-Aita!   **-egin zuen oihu**   **printzesak-**   **badoala**
father   do did scream   the princess   he is going
screamed

berriro ere!
again too
once again

Erregeak bere geziajaurti eta hanka batean
the king — his — arrow launch — and — (in) leg — a
in one leg

jo zuen gaztea; hark ordea bere bideari jarraitu
hit — did — the boy — he — however — his — way — continued
hit the boy

zion, eta basoan ezkutatu zen. Printzesa
did — and — in the forest — hid — did — princess

lorategira joan zen bakar-bakarrik negar egitera,
to the garden — went — did — alone — cry — to do
to cry

bizia salbatu zion ezezagun ausart hartaz
(her) life — saved — had-that — (with) stranger — brave — that

enamoraturik baitzegoen. Lorezaina topatu zuen
in love — she was — the gardener — found — him did
because she was in love

han, herrenka. Zer zuen galdetu zion, eta
there — limping — what he had — asked — she did to him — and
what was wrong

arantza bat sartu zitzaiola erantzun zion
thorn — a — entered — to him-that — answered — did to thim
that he had a thorn

mutilak. Mutilak zerbait ezkutatzen zion
the boy — the boy — something — hiding — to her
was hiding from her

susmoa hartu zuen   printzesak;   horrela   bada,
suspicion took did   the princess   like that   so
she suspected

aitarengana   joan   eta   mutilaren   gaixotasuna
to her father   went   and   the boy's   illness

ikertzeko eskatu zion.   Erregeak   bere aurrera
to investigate ask did   the king   his in front
asked him to investigate   before him

ekarrarazi zuen   eta   zauria   erakusteko
had brought him   and   the wound   to show
had him brought

agindu zion.   Harrituta,   oraindik   berak
order did   surprised   still   he
he ordered him   (the king)

jaurtitako gezia   izterrean sartuta   zuela
had thrown-that arrow   in the thigh nailed   that he had
the arrow (he'd) thrown   stuck in his thigh

ikusi zuen.
saw he did
he saw

Ezkontzarako   prestakuntzak   egin zituzten   eta
for the wedding   preparations   they did   and

Gartzeak bere familia gonbida zezaten agindu
Gartzea his family invited that they be ordered
that (his family) be invited

zuen eta bazkarian, aitari arkume-bihotz erdi
he did and during lunch to (his) father a lamb's heart half

gordina eta gatzik gabea emateko agindu zien
raw and salt without to give ordered did

zerbitzariei. Berari horrelako janaria
to the waiters to him such a food

ematen ziotela ikusi zuenean, aitak
give they did-that saw when he did (his) father
that they were giving him when he saw

gaizki hartu zuen. Orduan, semeak
badly took did then the son
took it badly

(aitak ez baitzuen ezagutu) esan zion:
(father not since he did recognize told did to him
as his father hadn't recognized him

-A! Aita! Ez al zenuen bada esan Tartalori
ah father not (question) did you so say Tartalo
didn't you say

ihes egiten lagundu zionaren bihotza
run away do helped did-whose heart
run away the heart of the one who helped

gordin-gordinik eta gatzik gabe gustura jango
raw and salt without gladly eat

zenukeela? Nik lagundu nion, bada, eta
you would I helped did to him so and
helped him

jakin ezazu Tartalok lagundu izan ez balitz
know (command) Tartalo help had not if
know that if (he) hadn't helped me

ez ginatekeela zu eta ni hemen, erregearen
not we would be you and me here (at) the king's
we wouldn't

mahaian, egongo.
table be

Handik aurrera denak zoriontsu izan ziren, eta,
from there forward (they) all happy be they were and
from that point on they all were happy

bizi izan ziren bitartean, Tartalo izan zuten
lived (past) did as long as Tartalo had they did
they lived

zaindari.
guardian

Galtxagorriak

Galtxagorriak (The Red-pants)

Galtza **gorriz** **jantzitako** **gizontxo** **txiki-txikiak**
(in) trousers   red   dressed   little man   small
little men dressed in

dira **galtxagorriak.** **Bizkorrak,** **biziak,** **onak** **eta**
are   galtxagorri   smart   quick   good   and

jostalariak **dira** **etxeko** **jeinu** **laguntzaile** **hauek.**
playful   are   domestic   spirit(s)   helpful   these
these helpful domestic spirits

Jabeak **orratzontzi** **edo** **kutxatxo** **batean**
the owner   (in a) pin cushion   or   little box   a

izaten ditu, **eta** **bere** **esanetara** **daude** **edozein**
has   them   and   (to) his   orders   they are   (in) any
keeps them   they are at his disposal

lanetan **laguntzeko,** **lan** **hori** **sinesgaitza** **izanda** **ere.**
tasks   to help   task   that   incredible   being   also
even if it is incredible

Bizileku **duten** **orratzontzia** **irekitzean,**
(as a) home   they have-that   pin cushion   when opened
the pin-cushion they have

nagusiaren **buru** **inguruan** **biraka** **hasten** **dira**
the owner's | head | around | rotating | begin | they do
they start

zer **egitea** **nahi** **duen** **etengabe** **galdezka.**
what | to do | wants | he does | non-stop | asking
what he wants (them) to do

Jabeak **agindutako** **lanak** **egiten** **egoten** **dira**
the owner | ordered-that | tasks | doing | they are |
(tasks) that the owner ordered | | | | they stay

gauez, **eta,** **etxekoen** **pozerako,** **hurrengo**
at night | and | (for) those at home's | joy | (for the) next
for the joy of those at home

goizerako **amaituta** **izaten** **dituzte** **lanak.** **San**
morning | finished | have | they do | the tasks | (on) St

Joan **bezperako** **gauean,** **sasi** **baten** **gainean,**
John('s) | eve | night | bush | in one | over
eve | | | | over a bush

orratzontzia **edo** **bestelako** **ontzi** **bat** **utziz** **gero,**
(a) pin cushion | or | other kind of | bucket | a | leave | if
if (you) leave

Galtxagorriak **bertara** **etortzen** **dira,** **eta** **haien**
the Galtxagorri | to there | come | they do | and | their

jabe **egiten** **zara.**
owner | become | you do
you become

Igarleek,   aztiek   edo   petrikiloek
fortune tellers   magicians   or   healers

sinesgaitza den zerbait   egiten dutenean,
incredible is-that something   do   when they do
something that is incredible   when they do

esan ohi da   Galtxagorrien   laguntza
said habitually it is   the Galtxagorris'   help
it is said

izan dutela.
had that they have
that they've had

Galtxagorriak laguntzaile astunak
Galtxagorri   helper   heavy
onerous helpers

Bizkaiko Kortezubi herrian kontatzen denez, gizon
from Biscay (in) Kortezubi town told as it is man
as it is told

batek Galtxagorri batzuk erosi omen zituen
a Galtxagorri some bought it is said he did

behar batzuk egiteko. Orratzontzia ireki eta
need(s) some to do the pin cushion (he) open(ed) and
to fulfill some tasks

lan bat agindu zien, eta haiek berehala
task a ordered to them he did and they at once
he ordered them

egin zuten. **Gero** **beste** **lan** **bat** **egiteko** **esan** **zien,**
did did — then — other — task — a — to do — told — them
did it — *he told them*

eta **baita** **egin** **ere** **hauek.** **Hirugarren** **eskakizuna**
and — also — did — too — these — the third — petition
they did these, too

bete **ondoren,** **Galtxagorriak**
(having) fulfilled — after — Galtxagorri

zer **egin** **behar** **zuten** **galdetu** **zioten** **nagusiari.**
what — to do — have — they did — asked — they did — to the boss
what they had to do

Nagusiak, **orduan,**
owner — then

gizontxo **txikiekin** **nazkatuta,** **galbahe** **batean**
(with) the little men — small — tired — (in) sieve — a
tired of the little men

ura **ekartzeko** **agindu** **zien.** **Lan** **hau**
water — to bring — order — them did — work — this
ordered them

ezin **izan** **zutenez** **burutu,** **erretiratu** **egin**
couldn't — did — they did — carry out — retire — (emphasis)
as they couldn't

omen **ziren.**
it is said — they did

AÑESKO AZTIAREN MAMARRUAK
Añes-from   Magician's   Mamarrus
the mamarrus of magicians from Añes

Arabako Añes herrian bazen gizon bat aztitzat
in Alava   Añes   in village   there was   man   a   as a magician
in the village of Añes, in Alava

zeukaten. Etxea herritik urrun xamar omen
they had him   (his) home   from the village   far   quite   it is said

zuen eta inor gutxi hurbiltzen zen leku
he had   and   nobody   few   got close   did   (to) place
hardly anyone

hartara, non eta horretarako ez bazuen
that   where and   for that   not   he had
non eta ... ez: unless

arrazoi onen bat. Jende guztiak beldur zion,
reason   good   a   people   all   fear   had of him
were afraid of him

uzta on bat suntsi baitzezakeen edota egun
harvest   good   a   destroy   since he could   or   (for) days
as he could destroy

batzuetan desagertu egiten zen eta
some   disappear   (emphasis)   did   and
he disappeared

usterik gutxienean berriro itzultzen zen urruneneko
thought   the least   again   came back   did   (from) far away
when least expected

herrietatik   **aztikeriazko**   **gauzak**   **eta**   **ukenduak**
towns   magical   things   and   ointments

ekarriz.
bringing

Urte askotan zehar,   **harreman**   **onak**   **izan ziren**
year   many   through   relationship   good   were   were
   for many years   there was

Anesko biztanleen eta aztiaren artean, zeren eta
Añes-from inhabitants and the magician between because and
                                           because

gustura   **edukitzeagatik,**   **nahikoa**   **janariz**   **eta**
happy   because they kept (him)   (with) enough   food   and

sua egiteko egurrez   **hornitzen baitzuten.**   **Baina**
fire to make wood   supplied since they did   but
   with firewood   since they supplied him

urteak joan ahala,   **aztia**   **zakar**   **eta**   **berekoi**
the years go as   the magician nasty and selfish
   as the years went on

bihurtu zen. Egunetik egunera gauza gehiago eta
became did from day to day things more and

gehiago   **hasi**   **zen**   **eskatzen.**   **Inoiz**
more   begin   did   asking   (if) ever

bere **gustuko** **zaldiren** **bat** **ikusten** **bazuen,** **haren**
his — liking-of — horse — a — saw — if he did — its
a horse of his liking

jabeari **eskatzen** **zion** **eta** **hark** **onez**
owner — ask — he would — and — he — willingly
(the owner)

eman **nahi** **ez** **bazion,** **ukuiluko** **animalia**
to give (to him) — want — not — if he did — (his) barn — animals
if he didn't

guztiak **hilko** **zizkiola**
all — kill — that he would to him
that he would kill

egiten **zion** **mehatxu...** **Bestetan,** **sukalderen**
made — he did to him — threat — other times — (for) kitchen
he threatened

bateko **urdaiazpikoaren** **gutizia** **izaten** **zuen,** **edota**
a-of — ham's — craving — had — he did — or

ardo **kupel** **on** **batena...** **Herriko** **biztanleek**
(for) wine — barrel — good — a — from town — inhabitants

tirania **hori** **jasan** **egiten** **zuten,**
tyranny — that — suffered — (emphasis) — did

ez **baitzitzaien** **komeni** **aztia** **etsaitzea...**
not — because it was to them — convenient — the magician — to antagonize
because it wasn't in their interest

Baina geroz eta asegaitzago ari zen bihurtzen eta
but   more and more   insatiable   -ing was becoming   and

beste horrenbestean haien haserrea biziagotzen.
other   as much   their anger   intensifying
      at the same rate

-Zerbait egin beharko dugu -esaten zuten.
something do   have to we do   said   they did
              we have to

-Azti   hori akabatu beharra dago! -zioten batzuek.
magician that to end the need there is said   some
              to kill   we have to

-Eta   nor izango da   hori egingo duen   ausarta?
and   who be will   that will do do-that the brave one
      who will be   brave enough to do that

-erantzuten zuten besteek.
   answer   did   the others

Gauzak bere horretan jarraituko   zuen   aztiak
things its in that continue   would have the magician
        like that

ezkontzeko   deliberatu izan ez balu.   Alkateari
to get married decided had not if he had to the mayor
                    if he hadn't decided

mandatu bat bidali zion   ezkondu egin   nahi
order   an sent did-to him to marry (emphasis) wanted

zuela   adieraziz   eta,   beraz,   biharamunerako
he did-that   letting know   and   so   for the next day

andregai   bat   prest   edukitzeko   agindua   emanez.
bride   a   ready   to have   the order   giving

Haren   eskaera   betetzen   ez   bazuen   herria
his   petition   meet   not   if   the village
if he did not met

suntsituko   zuela   mehatxua   bota   zuen.
destroy   he would-that   the threat   issued   he did

Horretako   mehatxu   baten   aurrean,   alkateak
like that   threat   a   facing   the mayor
such

ez   zuen   izan   neska   bat   aukeratu   beste   irtenbiderik.
not   had   had   girl   a   choose   other   way out
didn't have   any other choice (but to)

Grazia   izeneko   neska   gazte,   alai   eta   eder   bat
Grazia   named   girl   young   happy   and   beautiful   a

hautatu   zuen,   eta   gainera,   buruz   argia.   Gazte
picked   he did   and   in addition   of the head   clever   young (girl)
(the girl was) smart

hark   ez   zuen   aztiarekin   inolaz   ere   ezkondu
that   not   did   with the magician   no way   too   to marry
not at all

nahi baina, bestalde, ez zuen herria ere
want but at the same time not did the village also
didn't either

inolako arriskutan jarri nahi.
(in) any risk to put want

Arazoa nola konpondu ez zekiela, gau hartan
the problem how to solve not knowing night in that
that night

aztiaren etxeraino inguratu zen isil-isilik
(up to) the magician's home got close she did silent-silently
very silently

eta leihotik begira jarri zen. Aztia
and through the window to look set herself the magician
she started

bere nahasketa haietako bat egiten ari zen.
his mixtures those-of one doing -ing was
one of those mixtures of his

Lapiko handi batean belarrak eta hautsak
(in) cauldron big a herbs and powders

botatzen zituen eta gero, makila luze batez
threw he did and then (with) stick long a

nahasten zituen. Horrela jardun zuen luzaroan
mixed them he did like that continue he did for a while

eta — and
lapikoa — the cauldron
sutatik — from the fire
baztertzerakoan, — when taking out

ezin — can not / he could not
izan — did
zuen, —
oso — very
astuna — heavy
zelako, — because it was
nonbait. — apparently

Orduan — then
mahai — table
gainetik — from over / from over the table
igitai — sickle
bat — a
hartu, — take
eta — and
kirtena — grip

kendurik, — taking out
lau — four
gizontxo — little men
atera — take out
zituen — did
haren — from its

barrutik. — inside
Praka — trousers
gorriak — red
zituzten — they had
eta — and
jauzika — jumping
hasi — start

ziren — they did
oihuka: — screaming

–**Zer** — what
nahi — want
duzu — do you
egitea? — (us) to do
Zer — what
nahi — want
duzu — do you
egitea? — (us) to do

–**Bazter** — take out
ezazue — (command)
lapiko — cauldron
hori — that
sutatik — from the fire
–**esan** — told

zien — did-to them
aztiak. — the magician

Graziaren harridura lau gizontxo haiek
Grazia's surprise four little men those

lapikotzar hura baztertzen ikusi zituenean!
huge cauldron that taking out saw when she did
that huge cauldron

-Eta orain? Zer nahi duzu egitea? -galdetu zuten
and now what want do you (us) to do ask they did

berriro.
again

Aztiak eskua luzatu zuen, eta lau gizontxoak
the magician the hand extended did and four little men

esku gainera igo ziren.
hand over climbed they did
onto (his) hand

-Orain, ezer maitetxoak. Ez dakit zer egingo
now nothing ez, dear ones not I know what to do
nothing

nukeen zuek ez bazinete... Herrian jakingo
I would you not if were here in the village if know

balute zuek zaretela nire magia... ja, ja, ja!...
tey would you that are my magic ha ha ha
that you are

-egin zuen barre
made did laugh
laughed

aztiak-
the magician

baina
but

ez dute inoiz jakingo!
not they will never know
they will never know

Bihar
(by) tomorrow

goizerako
morning

ez badidate andregairik aurkitzen zuek bidaliko
not if they do for me a bride find (me) you send
if they don't

zaituztet herria suntsi dezazuen, zelaiak hondatu
I will the village destroy that you do the fields ruin
to destroy the village

eta animaliak denak hilko dituzue... Eta, orain,
and the animals all kill you will and now

sar zaitezte igitaiaren kirtenean.
enter (command) (in) the sickle's handle
get in

Agindu bezala egin zuten lau mamarruek eta
order as did (the) four mamarrus and
as ordered

aztiak kirtena estutu zuen. Ondoren, argia
the magician the handle tightened he did then the light

itzali eta lotara joan zen. Grazia luzaroan
switched off and to sleep went he did Grazia for a while

geldirik egon zen, leiho kontra eserita, gogoetan.
still / stayed / did / window / against / sitting / in thoughts thinking

Igitaia osteko erabakia hartu zuen eta,
the sickle / to steal — the decision / the decision to steal / taken — she had / she had taken / because

leihoa kontu handiz zabaldurik, etxean sartu
the window / care — with big / very carefully / opening / in the house / entered

zen. Mahairaino joan eta igitaia hartu zuen.
she did / up to the table / (she) went / and / the sickle / took / she did

Orduan, mamarruak oihuka hasi ziren:
then / the mamarrus / screaming / began / they did

-Nagusi! Zu al zara? Zer nahi duzu egitea?
boss / you / (question) / are you — is that you / what / want / do you / (us) to do

Grazia lasterka atera zen etxetik igitaia
Grazia / running / went out / did / from the house / the sickle

eskuan zuela, baina egin zuen zaratak eta
in (her) hand / having / but / made — she did-that / the noise that she made / noise / and

gizontxoen oihuek aztia esnatu zuten. Hark
the little men's / screams / the magician / woke up / did / he

zer gertatzen zen ikusi zuenean, ohetik jauzi
what happening was saw when he did from the bed jumped

eta neskaren ondotik abiatu zen. Grazia
and the girl's after started he did Grazia
after the girl

ahal bezain bizkor zihoan, baina aztia
could as fast was going but the magician
as fast as she could

lasterrago zetorren atzetik.
faster came from behind

-Itzul iezadazu igitaia! -esaten zion.
give back you to me the sickle saying he was to her

Graziak, etsirik, aztia geroz eta hurbilago
Grazia losing hope the magician increasingly and closer
closer and closer

nabaritzen zuen eta ia bere ondoan
noticing was and almost (at) her side

zuenean, igitaia ahal bezain urrun jaurtiki
when she had him the sickle could as far launched
as far as possible

zuen, harrizko bideraino. Igitaiak hiru bider
she did (up to the) stone way the sickle three times

errebotatu **zuen** **eta** **kirtena**
bounced did and the handle

apurtu **egin** **zitzaion.** **Lau** **mamarruak**
broke (emphasis) did to itself (the) four mamarrus
broke

handik **atera** **eta** **desagertu** **egin** **ziren.**
from there came out and disappeared (emphasis) did

Aztia **bat-batean** **gelditu** **zen.** **Eguna**
the magician suddenly stopped did the day

argitzen **hasia** **zen.**
lighting started had
was beginning to dawn

-Madarikatua! **Zer** **egin** **duzu?** **-galdetu** **zion**
damn you what done have you asked he to her

ahots **ahul** **batez.**
(with) voice weak a

Grazia **hari** **begiratzera** **itzuli** **zen.** **Egia** **ote** **zen**
Grazia to him to look turned did true perhaps is
could it be true

ikusten **ari** **zena?** **Aztia** **desagertzen** **ari**
seeing -ing what she was the magician disappearing -ing
what she was

zen! **Handik** **segundo** **batzuetarako,** **aztiak**
was — from there — second(s) — in some — the magician
a few seconds later

soinean **zeraman** **janzkia** **bakarrik** **geratu** **zen**
on him — wearing-that — clothes — only — was left — did
the clothes he was wearing

neskaren **begien** **aurrean.** **Grazia** **lasterka** **itzuli**
the girl's — eyes — in front of — Grazia — running — went back

zen **herrira** **eta** **gertatutakoaren**
did — to the village — and — what had happened

berri **eman** **zuen.** **Talde** **bat** **bildu** **zen** **ikertzera**
notice — give — did — group — a — formed — was — to investigate
announced — — — — was formed

joateko **baina** **aztiaren** **etxera** **heldu**
in order to go — but — (to) the magician's — home — arrived

zirenean, **ez** **zuten** **ezer** **aurkitu,** **ezta** **etxearen**
when they did — not — did — nothing — find — nor — the house-of
they didn't — (anything)

arrastorik **ere.** **Dena** **desagertua** **zen.**
sign — either — everything — disappeared — was
(had)

Geroztik, **urte** **askotan** **zehar,** **herri** **hartako**
since then — year — in many — during — village — that-from
for many years

biztanleek   berriro   eskuratu nahi izan dituzte
the inhabitants   again   to obtain   wanted   (past)   have
                       have wanted to obtain

mamarruak. Horretarako, igitai baten kirtena uzten
mamarrus   for that (reason)   sickle   a-of   handle   leave

dute   sasi gainean   San   Juan   bezperan.   Baina,
they do   bush   over the   (on) St   John's   eve   but
       over the bushes

guk   dakigula   behintzat,   oraindik   ez   du   inork
we   know (of)-that   at least   yet   not   has   anybody
      as far as we know

lortu   mamarruak   eskuratzea.
managed   the mamarrus   to get

Lamia

Lamia

Jeinu	honek	emakume	eder	baten	itxura	du
spirit	this	woman	beautiful	a-of	looks	has

gorputzaren	erditik	gora,	eta	hankak	oiloarenak,
(from) the body's	middle	up	and	the legs	of a hen

ahatearenak,	nahiz	ahuntzarenak	bezalakoak	ditu.
of a duck	or	of a goat	like those	has

Aldiz,	kosta	aldean,	gorputz	erditik
on the other hand	coast	side	body	from the middle
		in the coastline		

behera	arrain	tankera	hartzen	dute.	Lamien
down	fish	look	take	they do	Lamias'

zereginen	artean	honako hauek	zeuden:	artilea
tasks	among	these	there were	wool

haritu;	trikuharriak,	etxeak	eta	elizak	eraiki;	eta
to thread	dolmens	houses	and	churches	to build	and

arropak garbitu. Baina asko atsegin du
clothing to wash but a lot likes she does

urrezko orrazi batekin bere adats ederra
(with) golden comb a her hair beautiful

orraztea, erreka bazter edo urmahel batean.
to comb river side or pond in a

Haitzuloetan edo erreka putzuetan nahiz
in caves or (in) river puddles or
wells

urmaeletan bizi ohi da.
(in) ponds live usually does

Gizonei eskatzen zien ogiari, urdaiari eta
to men ask did-that (to the) bread bacon and
... that they asked men for

sagardoari esker elikatzen ziren, edota bere
cider thanks fed themselves or their
they fed themselves

deboziozkoek eskainitako ogi, gatzatu eta
devotes offered-that (to the) bread dried food and

esneari esker. Esan ohi da Lamiak 'ezetza'
milk thanks to said habitually it is lamias 'no'
it is said that

zela medio bizi zirela. Alegia, nekazariak
was / means / lived / did-that / that is to say / the farmers
by means of

zergak ordaintzerakoan, iruzurra eginez,
(their) debts / when going to pay / fraud / when commiting

zeuzkan lurrak baino gutxiago aitortzen bazituen,
he had-that / the lands / than / less / declared / if he did
fewer lands than he had

bere esanetan ez zeuzkan lur horiengatik
(in) his / words / not / having / land / those-because of
lands that he didn't have

Lamiak kobratzen omen zituen aitortu gabeko
the Lamia / charged / it is said / she did / declared / without
undeclared

zergak. Iruzurraren kontrako eta zintzotasunaren
debts / fraud / against / and / honesty

aldeko jeinu legez ere agertzen zaigu, beraz.
in favor of / spirit / as a / also / appears / to us / then

Lamien eta gizon gazteen arteko maitemintzeak
Lamias / and / men / young / between / love stories

ere agertzen zaizkigu, haren edertasunak liluratuta
too / appear / to us / her / beauty / captivated

uzten   baitu   gazteren bat, zenbaitetan.
leaves   as she does   young man   a   sometimes
                some young man

Lamien   desagertzea   baselizen   eraikitzeari,
Lamias'   disappearance   chapels   the construction of-to

elizetako   kanpai   hotsei,   eta   errezoei   ere
churches'   bell   sounds-to   and   to prayers   as well

egotzi   zaie.   Dirudienez,   kristautasunaren
accused   have been   apparently   Christianity's
has been attributed to

etorrerak   badu   zerikusia   Lamien
arrival   does have   something to do   (with) the Lamias'

bukaerarekin.   Aspaldiko   jeinua   dugun   seinale
end   from long ago   spirit   we have-that   sign
      ancient   a sign that we have

da   hori.
is   that

Lamia   maitemindua
Lamia   in love

Elezaharrak   dionez,   Anboto   eta   Arangio   artean
(as) the legend   says   Anboto   and   Arangio   between

artaldearekin **egoten** **zen** **artzain** **bati** **maiz**
with a flock of sheep / are / was-that / shepherd / to a / often
to a shepherd that used to be

agertzen **omen** **zitzaizkion** **Lamiak,** **eta**
showed up / it is said / they did / the Lamias / and

oso ongi pasatzen **omen** **zuen** **hark,** **dantzan**
very good spend / it is said / did / he / dancing
he had a really good time

ibiltzen baitzuten **airean.** **Artzaina** **gustura** **zebilen**
they had him / in the air / the shepherd / happy / he was

neska **gazte** **eder** **haiekin,** **berak** **ez**
(with) girls / young / beautiful / those / (because) he / not

baitzekien **Lamiak** **zirela.** **Batekin** **harreman**
knew / Lamias / that they were / with one / relationship

sendoagoa **egin** **zuen,** **eta** **etxeraino** **ere**
stronger / made (had) / he did / and / back (to her) home / too

laguntzen omen zion.
helped (her) / it is said / he did

Behin batean, eraztun bat **oparitu** **zion Lamiak**
once one day / in a / ring / a / gave (as a gift) / did / the Lamia

artzainari, eta ezkontzeko hitza eman zioten
to the shepherd and to marry word gave they did
they promised

elkarri. Mutilak kontatu zion amari, eta
to each other the young man tell did to his mother and

amak, kezkatuta, herriko apaizarengana joateko
the mother worried the village's to the priest to go
to the priest of the village

eskatu zion semeari. Elizgizonak, mesfidati,
asked did to (her) son the clergyman disfrustful

emaztegaiari oinak behatzeko agindu zion.
to the bride the feet to look at ordered did (to him)

Artzainak horrela egin zuen eta bere hankak
the shepherd so do did and her legs
the shepherd did as they said

ikustean ahatearenak bezalakoak zirela
when he saw a duck's (legs) like they were-that

ohartu zen. Orduan, eraztuna atera
realized he did then the ring take out

nahi izan zuen lamiari itzultzeko; baina
wanted (past) he did to the Lamia in order to return but
tried to take out the ring

ahaleginak   egin   arren,   ezin izan zuen
effort   (he) made   even if   couldn't (past) did
he could not

atera,   eta   atzamarra   moztu   behar izan zuen.
take (it) out   and   the finger   cut off   had to (past) he did
he had to

Eraztuna atzamar eta guzti itzuli zion lamiari,
the ring   finger   and   all   returned   he did   to the lamia

eta etxera joan zen. Sendatu zuen atzamarra, eta
and   to home   went   he did   healed   he did   the finger   and

ohean sartu zen.
in bed   got into   he did

Lamia haserre bizian gelditu zen, eta mutila ez
Lamia   angry   living   became   did   and   the boy   not
really angry

omen zen gehiago esnatu.
it is said   did   again   wake up

LEZAOKO LAMIA
from Lezao   Lamia
the Lamia from Lezao

Arabako Agurainen diotenez, Entzia mendiko
from Araba   in Agurain   as they say   Entzia   from mountain
as they say in Agurain, Araba

Lezaoko — (in) Lezao's
haitzuloan, — cave
oso — very
emakume — woman
bitxi — weird
bat — a
bizi — lived

a very weird woman

omen — it is said
zen — did
garai — time
batean. — a
Guztiz — Completely
ederra — beautiful
omen — it is said

once upon a time

zen — she was
eta — and
lurreraino — until the ground

iristen — reached
zitzaion — to her
urrezko — golden
ile — hair
luzea. — long
Jende — People
askok — many
ikusi — saw

her long golden hair reached

zuen — did
dama — lady
eder — beautiful
hura — that
erreka — (at the) river
bazterrean — side

orrazten. — combing her hair
Orrazia — the comb
ere — too
urrezkoa — golden
zen — was
eta — and

mendian — in the mountain
behera — downwards
zetorren — came-that
erreka — river
hura — that

down the mountain

that river that came

erabiltzen — used
zuen — she did
ispilu — mirror
gisa. — as
Egunero, — every day
egunsentian, — at dawn

as a mirror

bere — (from) her
haitzulotik — cave
atera — came out
eta — and
haitz — rock
baten — a
gainean — over / on

esertzen zen. Luzaroan aritzen zen orrazten,
sat · she did · for long · stayed · she did · combing her hair

aldi berean inork ezagutzen ez zuen hizkuntza
time · at the same · nobody · know · not · did · language
at the same time / that nobody knew

batean abesten zuela.
in a · singing · as she did

Behin batean, mutil gazte batzuk solasean ari
once · in a · boy(s) · young · some · talking · -ing
once upon a time

omen ziren herriko plazan. Besteren artean,
it is said · they were · (in) the village · square · some · among
among others

Lezaoko damaren gaia aipatu zuten.
(the) Lezao · lady's · topic · mentioned · they did

Batzuen iritzian, atso kontuak
in some · opinion · old women · tales
some thought

baizik ez ziren horiek; beste batzuen iritzian,
nothing but · not · were · those · other · some-of · in the opinion
those where nothing but / in other's opinion

berriz, egia zen dama hura Amilamia zela. Baina,
however · true · it was · lady · that · a Lamia · was · but

egia   esateko, mutil haietako inork ez zuen inoiz
the truth   to tell   boys from those nobody not had never
none of those boys

ikusi,   eta inoren esanak errepikatzen ari   ziren.
seen (her) and nobody's tales   repeating   -ing they were
hearsay

Azkenean,   hori   jakiteko   erarik egokiena
in the end   that   in order to know   way   most suitable
the best way

bertara joan eta egiaztatzea zela pentsatu zuten;
to there go   and to confirm was-that thought they did

esan bai,   baina   inor ez zen ausartzen   hara
say yes   but   anybody not was   dared   to there
sure they talked   nobody dared

joaten, beldurra   zutela   esan gabe,   ordea.
to go   fear   they had-that saying without however
without saying

Horretan zeudela Perikot azaldu zen. "Tontoa"
in that   as they were Perikot showed up did   "Dumb"
as they were at it

deitzen   zioten,   beti   ametsetan   zegoela
call   they did to him always   dreaming   he was
they called him

ematen zuen eta.
looked like he did because

-Kaixo, lagunak, zertan ari zarete? -galdetu
hello friends in what are you doing asked
what are you up to?

zien Perikotek, eta erantzunik emateko astirik
did to them Perikot and an answer to give time
time to answer

utzi gabe, plazako harriekin jolasean
leaving without (with) the square's stones playing
giving (them)

hasi zen.
started he did

Beste mutilek elkarri begiratu zioten eta
the other boys to each other look did and

irribarre egin zuten.
smile made they did
they smiled

-Aizak, Perikot, -esan zion
hey Perikot said did to him

taldeko buru zirudienak- gure taldekoa
the group's head the one who looked like (one of) our group
the one who looked like the leader of the group

izan nahi al duk?
to be want (question) do you

Perikotek harrituta begiratu zion, baina berriro
Perikot surprised looked at him but again

gauza bera esan zion taldeko
thing the same said did to him the group
the same thing

buru egiten zuenak:
head doing the one who was
the one that acted as the leader

-Ea, Perikot, gure taldekoa izan nahi al
so Perikot (one of) our group to be want (question)
in our group

duk? Gustura ibiliko haiz... gurekin festetara etorri
do you happy be you will with us to parties to come

ahal izango duk eta gure sekretu guztiak
be able will you do and our secret all of them
you'll be able to all our secrets

jakingo dituk...
know you will

-Ba... nik... egia esan...
well I the truth to say
to be honest

-Ondo da, ondo da -esan zuen taldeburuak,
good it is good it is said did the leader

erantzunetarako astirik eman gabe, bere kideei
for the answer / time / giving / without / (to) his / mates

aieru eginez- Ezta baietz, e, mutilak?
(a) signal / making / isn't / that right / boys

Denek egin zuten baiezko aieru.
they all / made / did / (a) "yes" / signal
nodded in agreement

-Baina jakin behar duk -jarraitu zuen lehengoak-
but / know / have to / you do / continued / did / the first (boy)

gure taldea elkarte sekretua dela eta
our / group / association / secret / is-that / and
that ... is a secret association

ezin dugula edonor onartu... lehenagotik froga
can't / we do-that / just anyone / accept / first / test(s)
that we can't

batzuk gainditu behar dituk, ulertzen?
some / pass / have to / you do / you understand

Perikotek ez zekien ondo zertaz ari ziren,
Perikot / not / knew / well / what about / -ing / they were
what they were talking about

baina buruaz baietz esan zuen.
but / with the head / yes / said / he did

-Ederki!, banekian nik konponduko ginena! Entzun
great   knew   I   get along   we would   listen

ondo hau: Ba al dakik non dagoen
well (to) this   question (do you) know where is

Lezaoko haitzuloa? Bai? Ederki! Ba... hara joan
(the) Lezao   cave   yes   great   well to there go
the cave of Lezao

eta emakume eder bat agertu arte han egon
and woman beautiful a appears until there stay
a beautiful woman appears

behar duk. Nor den eta nondik datorren
have to you do who she is and from where she comes

galdetu behar diok eta gero, zerbait eskatu behar
ask have to you do and then something ask for have to

diok guk han izan haizela
you do to her we there have been that you have
that you have been there

ziur jakin dezagun, ados? Beno, ba! Segi!
sure to know that we may ok alright well go on
so we know for sure well then

Mutilek beren artean barre eta keinuak egiten
the boys themselves among laugh(s) and gestures making
among themselves

zituzten bitartean, Perikot herritik atera eta
they did / while / Perikot / from the village / went out / and
while they did

Lezaorantz abiatu zen. Haitzulora
towards Lezao / parted / did / to the cave

hurbildu zenerako ahaztua zeukan zertara
got close / did-by the time / forgotten / he had / what for
by the time he got close

zihoan hara. Gaua berehala etorri zen eta
he was going / to there / the night / soon / came / did / and

mutil gizajoa loak hartu zuen zuhaitz enbor baten
the boy / poor / sleep / took / did / tree / trunk / a
the poor boy / fell asleep

kontra, errendituta baitzegoen.
against / exhausted / he was-since
because he was exhausted

Abesti batek esnatu zuen. Begiak zabaldu eta
song / a / awoke / did him / the eyes / opened / and
(his eyes)

arbolen hostoei begira geratu zen. Hasieran ez
(to the) trees' / leaves / looking at / stayed / he did / at first / not
the leaves from the trees

zuen garbi jakin non zegoen ere, gero
had / clear / know / where / he was / even / later

etorri zitzaizkion burura   **Aguraingo gazteak**
came   did to him   to (his) head   from Agurain   the young boys
       remembered   the boys from Agurain

eta haitzuloren batekin zerikusirik zuen zerbait
and   (with) cave   a   related   was-that   something
                something related

egin behar zuela.   Jaiki   zen   eta orduan ikusi
to do   had to   he had-that   woke up   he did   and   then   saw
     that he had to do

zuen   dama,   kantari,   erreka   bazterrean
he did   the lady   singing   (at the) river   side

orrazten.   Emakumeak   irribarrez   begiratu
combing her hair   the woman   smiling   looked at

zion   eta   Perikot   "tontoa",   berak   ere
did to him   and   Perikot   "the idiot"   himself   also

irribarre eginik,   damaren   ondora   joan   zen
smile   making   the lady   next to   went   he did
      smiling

esertzera.
    to sit

Damak kantari eta orrazten jarraitu zuen luzaro;
the lady   singing   and   combing   continued   did   for a while

bien	bitartean,	Perikotek,	hankak	uretan	sartuta,
meanwhile		Perikot	(his) legs	in the water	having put

harri	azpian	gorde	nahi	zuen	karramarro	bati
a rock	under	hide	wanted	did	(at) crab	a

begiratzen	zion.
looking	was

-Nola	duzu	izena?	-galdetu	zion,	azkenean,
how	do you have	the name	asked	did to him	finally
	what's your name				

Amilamiak.
Lamia

-Perikot	"tontoa"	-erantzun	zion	mutilak.
Perikot	"the dumb one"	answered	did to her	the boy

-Zergatik	"tontoa"?	-galdetu	zion	berriro	ere
why	"the dumb one"	asked	did to him	again	the

damak.
lady

-Ez	dakit	ba...	tontoa	naizelako	izango	da	noski...
not	know	well	dumb	I am-because	will be	is	of course
well, I don't know						it must be	

Eta Perikot berriro ere karramarroari begira jarri
and Perikot again also at the crab staring started
again

zen, harri arinagoren baten azpian babestu nahi
did rock lighter a under take refuge wanted
under a lighter rock

baitzuen, nonbait.
it did-since apparently

Dama jaiki zen eta haitzuloan sartu zen. Berehala
the lady got up did and in the cave went in did soon

itzuli zen eskuetan bahe bat zuela.
came back she did in her hands sieve a having
holding

-Tori, Perikot, hau zuretzat da.
take this Perikot this for you is

Perikot baheari begira geratu zen, hartu eta
Perikot to the sieve looking stayed did took it and
kept looking at

damari irribarre egin zion. Gero, etxera itzultzeko
to the lady smile made did then to home to go back
smiled at her to go back home

garaia izango zela eta, alde egin zuen.
time will be was because side made he did
it must've been left

Agurainera **iristerakoan,** **bere** **bila**
to Agurain   when he arrived   his   search
looking for him

zihoan **gizon** **talde** **batekin** **topo** **egin** **zuen,**
was going-that   men   group   with a   encounter   made   he did
with a group of men that was   ran into

gurasoak **erabat** **kezkaturik** **baitzeuzkan**
(his) parents   completely   worried   had them-because
because he had them completely worried

gauean **lotara** **agertu** **ez** **zelako** **eta** **mutilek**
at night   to sleep   appeared   not   he had-because   and   the boys
because he hadn't

esan **zieten** **nora** **joan** **zen.**
told   did to them   where   gone   he had

-Perikot! **Non** **zinen?**
Perikot   where   were you

-Perikot! **Non** **igaro** **duzu** **gaua?**
Perikot   where   spent   have you   the night

-Zer **dakartzu** **hor?**
what   do you bring   there

Perikotek **irribarre** **egiten** **zuen** **eta** **ez** **zuen** **ezer**
Perikot   smile   made   did   and   not   was   nothing
smiled

103

esaten. Orduan, bahea astintzen hasi zen, irina
saying / then / the sieve / shaking / started / he did / the flour

bahetzen ari balitz bezala eta denek
filtering / -ing / if he were / as / and / they all
as if he were

burutik egina zegoela pentsatu zuten, baina...
from the head / done / he was-that / thought / they did / but
crazy

oi!, bahetik irina erortzen zen! Nola zitekeen
oi / through the sieve / flour / coming out / was / how / could be

hori? Han ez zegoen irinik! Eta, hala ere, irina
that / there / not / there was / any flour / and / nevertheless / flour

erortzen zen! Gizon batek hartu zuen bahea.
coming out / was / man / a / took / did / the sieve

Astindu zuen, baina irinik ez. Beste bat
shook it / he did / but / flour / (there was) not / other / one

ahalegindu zen, eta beste bat, eta beste bat...
tried / did / and / another / one / and / another / one

Alfer-alferrik. Orduan, Perikot "tontoak" astindu
in vain / then / Perikot / "the dumb one" / shook

zuen berriro eta berriro ere irin fina erortzen zen,
it   again   and   again   also flour thin came out did

beren bizitzan ikusi zuten irinik zuriena!
(in) their lives (ever) seen they had-that flour the whitest

Geroztik   Perikot   "bizkorra"
since then   Perikot   "the smart"

hasi zitzaizkion deitzen. Okindegi bat jarri zuen
started they did to him calling   bakery   a opened he did
      they started calling him

eta oso zoriontsu bizi izan zen. Zahartuta hil zen
and very   happy   lived (past) he did from old age die he did

eta, herritarrak magiazko bahe haren bila hasi
and   the villagers the magical sieve that-of in search started
                in search of that magical sieve

zirenean, ez zuten inon aurkitu. Ordurako
when they did not they did nowhere find (it) by then
           they didn't anywhere

bere jabearengana itzulia zen, Lezaoko
(to) its   owner   returned it was from Lezao
   to its owner   it had

Amilamiarengana.
   Lamia-to the

Sorgin
Witch

Mari,   **Etsairen**   **edo**   **Akerbeltzen**
Mari   Etsai's   or   Akerbeltz (black goat)'s

esanetara dagoen emakumezko jeinu gaiztoa da
to the sayings   is-that   female   spirit   evil   is
who's at their orders

Sorgin.   **Aparteko**   **doaiak**   **ditu,**   **eta**
the Witch   special   abilities   she has   and

hari egozten zaizkio uztaren hondatze ezustekoak,
to her   blame   is to her   harvest   ruining   unexpected
she is blamed for   harvests getting ruined

errota eta burdinolen matxurak, gaixotasun eta
mill   and   forge-of   breakdowns   illness(es)   and

heriotza misteriotsuak, itsasontzien urperatzeak,
death(s)   mysterious   ships'   sinking

eta abarrak.   **Berain**   **izatea**   **zalantzan**   **jarri**
and   others   their   existence   in doubt   put
et cetera

dutenei, — to those who have
sorginek — witches
eman diete erantzuna — give / the / the answer — have answered them

esaldi honekin: "Ez geala, ba-geala, amalaumilla
sentence / with this / not / we are / yes we are / fourteen thousand

emen geala".
here / we are

Jeinu honen eraginez, sorginduak dauden pertsonei
spirit / this / by influence / because of / bewitched / are-who / people
to the people who are bewitched

ere sorginak deitzen zaie. Gehienetan
also / witches / called / are / most of the time

emakumezkoak dira, dohai bereziak dituzte, eta
women / they are / abilities / special / they have / and

gaiztakerietan jarduten dute. Emakume hauek
bad deeds / doing / they do / women / these

taldean dihardute, eta, data jakinetan, gauez
in group / they act / and / (on) date(s) / certain / at night

ospatzen dituzten batzarretara joaten dira hegan.
celebrate / they do / to meetings / go / they do / flying

Gizakiaz gaindiko dohain hori lortzeko, ukendu
human / over / ability / that / to get / ointment
superhuman

batez igurzten dira, eta esaldi hau esaten dute:
with a / rub / they do / and / phrase / this / say / they do
they rub themselves

Sasi guztien gainetik eta odei guztien azpitik.
bushes / all of / over / and / clouds / all of / under
over all the bushes / under all clouds

Sorginen bilkura horiei akelarreak deitzen zaie.
the witches / meeting(s) / those / akelarres / called / are
to those meetings of witches

Bilkura haiek Akerbeltzen gidaritzapean
meeting(s) / those / (under) the black goat's / leadership

burutzen zituzten; bertan, gorputza ukenduz
carried out / they did / there / the body / with ointments

igurtzi, eta belarrekin egindako edabeak edaten
rub / and / with herbs / made / potions / drank
potions made with herbs

zituzten. Belarren ezaugarriak ederki omen
they did / the herbs' / characteristics / very well / it is said

zekizkiten; pozoitsuak, sendabelarrak, aluzinagarriak,
they knew / poisonous / healing herbs / hallucinogens

eta abarrak.   Dantzaldiak   egiten   zituzten
et cetera   *dances*   *did*   *they did*

musikaren   laguntzarekin,   eta   sexu   harremanak
(with) the music's   *help*   *and*   *sexual*   *relations*

nahasian   izaten   omen   zituzten.   Jai   haietan,
mixed   *had*   *it is said*   *they did*   *festivities*   *in those*

Jesukristo   arbuiatu   eta   Akerbeltz   gurtzen   zuten,
Jesus Christ   *rejected*   *and*   *Akerbeltz*   *worshipped*   *they did*

eta   haien   arerioei   begizkoak   eta   biraoak   botatzen
and   *their*   *opponents to*   *the evil eye*   *and*   *curses*   *sent*
to their enemies

zizkieten.   Sorginak   animalia   forma   hartzen   du   nahi
they did   *the witch*   *animal*   *shape*   *take*   *does*   *want*

duenean;   batez ere   katu   beltz   itxura.
when she does   *especially*   *cat*   *black*   *look*

Nola   bihurtzen   da   gizaki   bat   sorgin?   Herri
how   *become*   *does*   *human*   *a*   *witch*   *popular*

sinismenak   dionez,   honako   arrazoiak   izan   daitezke:
belief   *says-as*   *these*   *reasons*   *be*   *can*
can be

eliza baten inguruan hiru buelta emateagatik, ondo
church a around three rounds for giving well
for walking around

bataiatua ez izateagatik, sorgin batekin
baptized not for having been (with) witch a
for not having been

harremanak izateagatik edota bere jantziak
relations for having or her clothes

jazteagatik, berarengandik kuttun bat jasotzeagatik,
for wearing from her gift a for receiving

edo Etsairi muxu bat eman ondoren esaera hau
or to the devil kiss a give after phrase this

esatean: "por se, zalpate, fuente fa, funte fi, txiri,
saying "por se zalpate fuente fa funte fi txiri

biri, ekatsu, ekatsu, amen".
biri ekatsu ekatsu amen

SORGINAREN UKENDUA
the witch's ointment

Orain dela mende asko, gudu gogorrak izan
now that it is centuries many war(s) hard had
ago tough wars

zituzten   arabarrek   beren lurretara erasoz etorri
did   the Alavans   their   lands-to attacking came
        (people from Alava)

ziren mairuen kontra. Garai hartan, jazoera bitxi
did-that arabs   against   time   in that   event   weird

bat gertatu zen Zaitegiko lurretan (Zigoitian).
a   happened did from Zaitegi   lands   (in Zigoitia)
             in the lands of Zaitegi

Behin batean,   mairuen gudarosteari   sekulako
once upon a time   the moors'   army-to   huge
                to the arab army

galerak eragin zizkiotelarik, haiek amore eman eta
losses provoked   having   they   and

alde egingo   zutela   uste   izan   zuten
side make that they would believed (past)   did
      that they'd leave

arabarrek. Ez zen horrelakorik   gertatu, ordea.
the alavans not did something like that happen however

Biharamunean, bezperan bezain indartsu agertu
the next day   the day before as   strong   showed up

zen   mairuen   gudarostea.   Berriro
dd   the arabs'   army   again

aritu ziren borrokan eta zelaia mairuen
-ing they were · fighting · and · the field · (with) arab
they were fighting

soldaduen gorpuz betea geratu zen, baina
soldiers' · corpses · full of · ended up · did · but

hurrengo egunsentian bezperan adina soldadu
the next · dawn · the day before · as many · soldiers

zeuden berriro etsaien gudarostean.
there were · again · (in) the enemy's · army

Eguna joan eguna etorri, gauza bera gertatzen
day · go · day · come · thing · the same · happened
day after day

zen beti. Halako batean, arabar soldadu batek
did · always · then · alavan · soldier · a

horren gertaera misteriozkoaren egiazko arrazoia
such · event · mysterious' · true · reason

jakitea erabaki zuen. Beste borroka bat egin zuten
to know · decided · did · other · fight · a · made · they did
to find out · · they had

eta milaka soldadu mairu hil zituzten. Orduan,
and · thousands of · soldier(s) · arab · killed · they did · then

bere lagunak lotan zeuden bitartean, arabar
his friends sleeping they were meanwhile alavan

gaztea zaindari geratu zen, begia
young man guarding stayed did his eyes

etsaiaren zelaitik kendu gabe.
enemy's field-from taking away without
from the enemy field

Gauerdian, itzal bat agertu eta hildako soldadu
at midnight shadow a appeared and dead soldier

mairu baten alboan makurtu zen. Aldean zeraman
arab a next to crouched did next brought

buztinezko lapiko handi batetik ukendu pixka bat
earthenware pot big from a ointment bit a
a bit

hartu eta hildakoaren zauriak igurtzi zituen;
took and the corpse's wounds rubbed did

berehala jaiki zen hura, siesta batetik esnatu
soon woke up did he nap from a woken up

izan balitz bezala...
had if he did as
as if he had

Arabarrak **ezin** **zuen** **sinetsi** **begiek** **ikusten**
the Alavan | could not / couldn't | did | believe | his eyes | seeing

zutena. **Kontuz-kontuz** **hurbildu** **zitzaien** **eta**
what they were | carefully-carefully / very carefully | got close | he did to them | and

sorgin **bat** **zela** **ikusi** **ahal** **izan** **zuen,** **bere**
witch | a | it was-that | see | could / he could | (past) | he did | (for) her

gaiztakeriengatik **Arabatik** **kanpora** **bidalitako** **sorgin**
bad deeds | from Alava | abroad / kicked out | been sent | witch

bat, **hain** **zuzen,** **orain,** **mendekua** **lortzeko,** **mairuen**
a | indeed | | now | revenge | to get | the arabs

artean **bizi** **zena** **eta** **haiek** **hil** **ahala** **piztu**
amongst | lived | one who did | and | they | die | as they did | revived

egiten **zituena,** **arabarrak** **mendera** **zitzaten.**
(emphasis) | did / one who did | the Alavans | defeat | to do

Luzaroan **pentsatzen** **jardun** **gabe,** **soldaduak**
for long | thinking | to be doing | without | the soldier

bere **lantza** **hartu** **eta** **sorginaren** **eta** **mairu**
his | spear | took | and | the witch's | and | arab

piztu berriaren gorputzak alderik alde zeharkatu
revived   recently   bodies   from side to side   pierced
   freshly revived

zituen. Biak hilda geratu ziren. Lapikoa jaso, eta
did   both   dead   stayed   did   the pot   took   and

ukendu pixka batez atsoaren zauria igurtzi
ointment little with a the old woman's wound rubbed

zuen, ea funtzionatzen zuen ikusteko. Segituan
he did to see if   worked   it did   to see   quickly

piztu zen sorgina, eta mutilari esan zion:
revived was the witch and to the boy told did

-Ez nazazu hil, arren! Ukendu miresgarri hori
not you to me kill please ointment wonderful   this
   do not kill me

egiten irakatsiko dizut...
to make   teach you   I will

Baina soldaduak, haren hitzak aintzat hartu
but   the soldier   her   words into account taking

gabe, lantza sartu zion eta behin betirako
without the spear put did into her and once and for all
               speared her

hil zuen.
killed her he did

Berri haiekin pozturik, lasterka itzuli zen bere
news with those happy running returned did (to) his

kanpamendura eta gertatutako guztiaren
camp and what happened all of

berri eman zien han zeudenei. Haiek
news gave did there those that were they
let know to those who where there

ezin zuten sinetsi entzuten ari zirena.
could not did believe listening -ing what they were
couldn't what they were listening

Orduan, soldaduak esan zien:
then the soldier told them

-Hil nazazue eta gero igurtzi ondo zauriak
kill you all me and afterwards rub well (my) wounds
kill me

honako ukendu honez. Ikusiko duzue!
this ointment this-with see you will
with this ointment

Lagunek, jakina, ez zioten horrelakorik egin
(his) friends of course not did something like that do

nahi,   baina   gazteak   gauza   bera   esaten
want to   but   the young man   thing   same   said

zien   behin eta berriro   eta,   azkenean,   hil
did to them   once   and   again   and   in the end   killed
    over and over again

egin   zuten.   Gero   ukenduaz   igurtzi
(emphasis)   him they did   then   with the ointment   rubbed

zuten   eta bat-batean piztu zen berriro.
him they did   and   suddenly   revived   was   again

Ukendu   magikoa   berehala   hartu   eta   aurreko
ointment   magic   quickly   took   and   (in the) previous

egunetan   hildako   arabar   guztiak   igurtzi   zituzten.
days   died   alavans   all   rubbed   they did

Haiek   piztu   zirenean,   mairuak   behin betirako
(when) they   revived   did   the arabs   once   for forever
     once and for all

menderatu ahal izan zituzten.
defeate   could (past)   they did
     they could

Eta   zer   gertatu   zen   ukenduarekin?   Ba...
and   what   happen   did   with the ointment   well

agortu egin zitzaiela eta ez zitzaien bururatu
ran out (emphasis) did to them and not did to them occur
they ran out of it occurred to them

zerbait gordetzea gehiago egiteko. Horrela
some to keep more in order to make like that

bada, formula magikoa galdu egin zen. Geroztik
then formula magic lost (emphasis) was since then

asko saiatu izan dira formula hura errepikatzen,
many tried (past) have formula that to repeat

baina, guk dakigunez behintzat, inork ez du lortu
but we we know at least nobody not has manage
as far as we know

ahal izan... oraingoz.
able to (past) for now

HIRU OLATUAK
(The) Three Waves

Bermeon bazen sorgin bat
in Bermeo there was witch a

besterena beretzen oso zalea. Egun batean,
others' things taking possession of very fan of day one
making hers what belongs to others

Matxin arrantzalea arrantzatik zetorren eta saski
Matxin the fisherman from fishing was coming and basket

bete antxoa zekarren, batzuk bizirik zeuden
full of anchovies was carrying some alive were

oraindik. Sorgina bidera atera zitzaion:
still the witch on the way took out herself to him
went out to meet him

-Kaixo, Matxin, gaur arrantza ona, ezta? -esan
hello Matxin today fishing good wasn't it said

zion.
to him

-Bai, ez dago gaizki. Lan gogorra izan da, baina
yes not it is bad work hard been has but

azkenean lanak balio izan du -erantzun zion
in the end work worth it been has answered did to her

arrantzaleak.
the fisherman

Handik alde egitera zihoan, nahiago baitzuen
from there side to make he was going preferred he did-because
to leave because he preferred

sorgin batekin hizketan inork ez ikustea, baina
witch · with a · talking · nobody · not · to see him · but

hark esan zion:
she · said · to him

-Aizu, zergatik ez dizkidazu antxoa horiek
hey · why · don't · you-to me · anchovies · those

ematen?
give

-Baina zer diozu, emakume? -esan zion
but · what · are you saying · woman · said · did to her

Matxinek bere onetik ateratzen hasirik- zu
Matxin · (from) his · good · getting out of · beginning · you
· · to get angry

burutik egina zaude! Alde nire bidetik,
from the head · done · you are · get out · (from) my · way
crazy · · · get out of my way

atso zahar hori!
old woman · old · that
you old woman

Eta hori esanez, mutilak bultzada batez
and · that · saying · the young man · push · with a

baztertu zuen eta bere bideari jarraitu zion.
pushed aside her did and his way follow did
pushed her aside

Sorginak ezin zuen bere haserrea disimulatu.
the witch could not her anger hide

-Madarikatua! Hau ez duk horrela geratuko!
damn you this not will like this end

Ordainduko didak, bai! -esan zuen ukabila
pay you will to me yes say did the fist

jasoz.
raising

Eta, hori esanik, bere alabaren eta lagun sorgin
and that having said her daughter and friend witch

baten bila joan zen.
a looking for go she did
he will have us

-Entzun ondo! Matxin arrantzaleak bere saskikada
listen well Matxin the fisherman his basket of

antxoa ukatu dit eta gainera, atso zaharra
anchovies denied to me and also old woman old

deitu dit... eta hori bai ez diodala
called did to me and that yes not I will to him
certainly

barkatuko! Bihar itsasoratzen denean, zain
forgive tomorrow sail into the sea when he does waiting

edukiko gaitu. Hiru olatu erraldoi bihurtuko gara.
will have he us three waves giant become we will
he will have us

Mendeku hartuko dut! Lehenengo olatuak kezkatu
revenge take I will the first wave worry

egingo du, bigarrenak ikaratu eta hirugarrenak...
will him the second one scare and the third one

hirugarrenak hondoratu egingo du!
the third one sink (emphasis) will him
will sink him

Eta hirurak hondartzarantz abiatu ziren. Matxinek
and all three towards the beach started they did Matxin

ez zuen salbaziorik izango, baldin eta Takiok, bere
not would salvation have if and Takio his
if Takio

auzoak, dena entzun eta lagunari esan ez balio.
neighbor all heard and to his friend told not if he had
if he hadn't

Matxin kezkatu xamar geratu zen... ez zen gauza
Matxin worried quite became did not was thing

ederra olatu bihur zitekeen sorgin ahaltsu batekin
great wave become could-that witch powerful with a

gaizki egotea... Hala ere, itsasoratu eta
(on) bad (terms) to be anyway to sail and

erasorako prestatzea erabaki zuen.
for the attack to get ready decided he did

Biharamunean, ohi zuen bezala, sareak prestatu
the next day habitually he did as the nets prepared

eta Takiorekin itsasoratu zen, hark berekin joan
and with Takio sailed he did he with him to go
(Takio)

nahi zuela adierazi baitzion.
wanted he did-that express had him
that he wanted because he had expressed to him

Bazeramaten alditxo bat itsasoan, eta horretan
they had been small time a at sea and then
a short while

olatu handi bat ikusi zuten beraiengana zetorrela.
wave big a saw they did towards them coming

-Hona lehenengoa! -esan zuen Matxinek.
here · the first one · said · did · Matxin

Olatua iritsi eta gora-gora jaso zuen txalupa.
the wave · arrived · and · upwards · raised · did · the boat

Handik pixka batera bigarren olatua azaldu zen.
from that (to) little / soon after · a · (the) second · wave · show up · did

-Hara, bigarrena! Eutsi, Takio, honek
look · the second one · hold on · Takio · this one

dantzan jarriko gaitu eta!
dancing · put / will shake us · us it will · because

Eta hala gertatu zen. Bigarren olatua aurrenekoa
and · so · happened · it did · the second · wave · the first

baino handiagoa zen eta txalupa lehenengo
than · bigger / bigger than · was · and · the boat · at first

ezkerrera eta gero eskuinera etzanarazi zuen.
to the left · and · then · to the right · bounced · did

Bazirudien txalupa une batetik bestera
it looked like · the boat · moment · from a · to another / at any moment

125

hondoratuko zuela. Baina bigarren olatua ere
sink would-that but the second wave too

pasa zen.
passed did

Azkenean, urrutira, hirugarren olatua ikusi zuten.
finally far away the third wave see they did

Izugarria zen, besteak baino askoz handiagoa,
enormous it was the others than a lot bigger

beltza eta beldurgarria.
black and scary

-Hara, bada, hirugarrena! Eme egon, Matxin -esan
look so the third one alert stay Matxin say

zion arrantzaleak bere buruari-, okerrik egiten
did the fisherman his head-to a mistake make
to himself

baduk galdua haiz eta!
if you do lost you are because

Matxinek arpoia hartu zuen eta erasoari
Matxin the harpoon took did and to the attack

aurre egiteko   **prest**   **jarri**   **zen.**   **Olatu**   **izugarri**
face   to do   ready   got (himself)   he did   wave   huge
to confront

hura   **txalupa**   **eta**   **bi**   **gizonak**   **irenstera**
that   boat   and   two   men   to swallow
    both

zihoanean,   **Matxinek**   **arpoia**   **jaurtiki**   **zuen**
when it was about to   Matxin   the harpoon   launched   did

olatuaren   **bihotzera,**   **erdi-erdira.**   **Ikaragarrizko**
(to) the wave's   heart   right in the middle   dreadful

oihu   **bat**   **entzun**   **zuten,**   **olatua**   **gorri-gorri**   **bihurtu**
cry   a   heard   they did   the wave   completely red   became

zen   **segituan**   **eta**   **txalupa**   **ukitu**   **gabe**   **desagertu**
did   immediately   and   the boat   touching   without   disappeared

zen.
did

Matxin   **eta**   **Takiok**   **pozaren**   **pozez**   **elkar**
Matxin   and   Takio   (with) happy's   happy   each other
    really happy

besarkatu   **zuten**   **eta**   **portura**   **itzuli**   **ziren;**
hugged   did   and   to the harbor   went back   did

127

arrantzarik egin gabe zetozen, baina aski zuten
fishing doing without they came but enough they had
without going

egun hartarako.
day for that

Biharamunean herritar guztiak galdezka ziren zer
the next day villagers all of asking were what

gertatu ote zitzaion sorgin famako emakume
happened could have to her witch known woman
what could've happened known as witch

bitxi hari, arrastorik utzi gabe desagertu
weird to that traces leaving without disappeared

baitzen, hondartzan azaldu zen
because she had in the beach appeared had-that

lepoko zapia ez bazen. Inor ez zen ausartu
neck scarf not was nobody not did dare
scarf

haren alabari eta lagunari ezer galdetzera; haiek,
(to) her daughter and friend anything asking they

beltzez jantzirik, negar eta negar ari ziren
in black dressing crying and crying -ing they were

itsas   bazterrean.
(on the) sea   shore

Horretatik, Bermeoko arrantzaleek beti gogoratzen
from that day   Bermeo   fishermen   always remember

dute historia hau, eta beti batera azaldu   ohi
they do   story   this   and always together show up habitually

diren   olatuei "hiru Mariak" deitzen diete.
do-that to the waves "three Marias"   call   they do

Mari

Mari

Euskal mitologiako jeinu garrantzitsuena da Mari,
Basque mythology-from spirit most important is Mari

beste jeinu guztien buruzagia edo nagusia.
other spirit all of leader or the main one
the leader of all the other spirits

Naturaren eta beronen osagai guztien erregina da.
Nature's and its elements all of queen is

Mari kristautasuna gure herrira iritsi aurrekoa da,
Mari Christianity (to) our country arrived earlier is

eta aspaldiko euskaldunentzat jainkosa maila
and (for the) ancient basques goddess level

zuen. Historiaurrean Europan bizi ziren herriek
she had in Prehistoric times in Europe lived did-that peoples

gurtzen zuten Ama Jainkoaren ezaugarri
worshipped did-that mother goddess characteristics

nabarmenak ditu. Oso antzinakoa dugu beraz.
clear has very ancient it is therefore

Justiziaren jainkosa dugu Mari, zintzotasunaren
Justice's goddess is Mari honesty's
(lit. we have)

defendatzaile eta injustizien aurrean zorrotz
defender and injustices against strict

jokatzen duena. Jeinu honek gezurra, lapurreta,
to act one who does spirit this lying stealing

emandako hitza ez betetzea, pertsonenganako
given word not keeping for the people
promise

errespetu eza eta harrokeria arbuiatzen ditu;
respect lack of and arogance reject does

aldiz, besteenganako laguntasuna saritzen du.
instead towards others friendship reward she does

Harengan sinesten dutenei laguntza eta opariak
in her believe to those who help and gifts

ematen dizkie; aldiz, sinesten ez dutenak
give she does on the other hand believe not those who
those who don't

zigortu   egiten   ditu.   Lapurrei   lapurtu
punish   (emphasis)   she does   (from) thieves   stolen

dutena   kentzen   die;   eta   harrokeria   erabili
what they have   takes away   she does   and   arrogance   used

duenari,   zertaz   harrotu   den,   hura   kentzen
to he who has   about whatever   bragging   he is   that   takes away

dio.
from him she does

Naturaren   indarra   irudikatzen   du,   eta,   bere
nature's   strength   represents   she does   and   her

botere   ahaltsuarekin,   naturako   indarren   arteko
power   mighty-with   nature's   strengths   between
with her mighty power

oreka   mantentzen   du.   Naturaren   erregina   da,
balance   maintains   she does   nature's   queen   she is

eta,   Mari   hurbil   denean,   ekaitza   etortzen   da.
and   Mari   nearby   is-when   (a) storm   comes   does

Leku   askotan   joaten   ziren   Marirengana
place(s)   many-in   went   they did   to Mari
in many places

kazkabarra uxatzeko eskatzera.
hail　　to repel　　to ask her

Askotan, dotore jantzitako emakume eder
often　elegantly　dressed　woman　beautiful

baten itxuran agertzen zaigu. Durangon,
a-of　with the looks　(she) shows up　to us　in Durango
with the looks of a

eskuetan urrezko jauregi bat duela; Amezketan, lau
in her hands　a golden　palace　a　having　in Amezketa　four

zaldik daramaten gurdi baten gainean zerua
horses　carrying-that　chariot　in a　on top of　the sky
chariot pulled by horses

zeharkatzen ikusi izan dute; Oñatin, ahari
crossing　seen her　(past)　they have　in Oñati　ram

baten gainean. Animalia itxuran, suzko igitai
a　on top of　animal　shaped　fire-of　sickle
a sickle of fire

itxuran, haize bolada itxuran edo hodei nahiz
shaped　wind　rush　shaped　or　cloud　or

ostadar itxuran ere azaltzen da zenbait
rainbow　shaped　too　appears　she does　(in) some

lekutako **elezaharretan.** **Bere** **haitzulo** **sarreran,**
places'   legends   her   cave   entrance

ondoan **ahari** **bat** **duela** **ere** **agertzen** **da,**
at (her) side   ram   a   having   too   appears   she does

hori baita **bere** **animalia** **kuttuna.** **Anbotoko**
that   is   her   animal   favourite   from Anboto
because that is

kobazulo **aurrean,** **ahariaren** **adarrean** **urrezko**
the cave   in front of   (in) the ram's   horns   golden

hari **mataza bat** **biltzen** **ere** **ikusi** **izan** **dute.**
thread   mess   a   gathering   too   seen   (past)   her they have
tangle of thread

Mari, **lur** **azpian** **bizi** **da,** **eta** **haitzuloetatik** **nahiz**
Mari   ground   under   live   does   and   from the caves   or

zuloetatik **kanporatzen** **da.** **Norbait** **Mariren**
from holes   comes out   does   someone   (to) Mari's

bizilekura **sartuz** **gero,** **zigortu** **egiten** **du;** **eta**
home   enters   if   punishes   (emphasis)   she does   and

haren **baimenarekin** **norbait** **hurbiltzen** **bazaio,**
(with) her   permission   someone   comes close   if does to her
if someone comes up to her

beti — always
hika — colloquially (in "hika")
hitz — word
egin — make
behar — has to
dio, — to her
ez — not one never
da — is
inoiz — never

eseri — sit
behar — must
haren — her
aurrean, — in front
eta — and
ez — not one never
zaio — to her
inoiz — never

bizkarra — back / turn his back on
eman — give
behar — must
Mariri. — to Mari

Mariren — Mari's
senarra — husband
Maju — Maju
jeinua — spirit
dela — is-that
kontatzen — tell
dute — they do

Oñatin; — in Oñati
aldiz, — however
Goierriko — from Goierri
elezaharrek — legends
Sugaar — Sugaar
dela — is-that

esaten — say
dute. — they do
Bere — her
semeak — sons
Mikelats — Mikelats
eta — and
Atarrabi — Atarrabi

jeinuak — spirits
omen — it is said
dira. — they are

Mari — Mari
eta — and
Bizkaiko — from Viscay / the Lord of Viscay
Jauna — the Lord

Don — Don (Sir/Lord/Mr)
Diego — Diego
Lopez — Lopez
Harokoa — of Haro
Bizkaiko — of Viscay
Jauna — Lord
zen — was

135

XIV. mendean. Ehiztari porrokatua zen eta
(in the) XIV century hunter insatiable he was and

ahal guztietan ateratzen zen basurde edo
could zuen all-in went out he did boar or
whenever he could

beste piztiaren baten bila. Izan ere,
other beast a in search of be also
(beste ... bat: another) after all

garai hartan, horrelako animaliez beteak
time in that like those of animals full
full of such animals

baitzeuden gure mendiak.
since they were our mountains

Egun batean, pieza on baten atzetik zebilela,
day one piece good a behind when he was
one day

emakume bat ikusi zuen haitz baten gainean
woman a saw he did rock on a above
over a rock

kantari. Guztiz ahots zoragarria zuen eta Don
singing totally voice wonderful she had and (to) Don

Diegori haren jabea ezagutzeko gogo bizia
Diego its owner to meet desire big

egin zitzaion; hala, harengana hurbildu zen.
made itself to him / felt — so — to her — got close — he did

Bere bizi guztian ez zuen horren emakume
(in) his — life — entire — not — had — such — woman

ederrik ezagutu. Garaia eta dotorea zen, larruazal
beautiful — met — tall — and — elegant — she was — skin

zuri leunekoa. Haren begi beltz sakonek
white — smooth — her — eye(s) — black — deep

kontrastasun bizia egiten zuten ia lurreraino
contrast — intense — made — did — almost — to the ground

iristen zitzaion ile urre kolorekoarekin. Urrez
reached — did-that — hair — golden — coloured with — golden

bordatutako soineko berde bat zeraman eta
embroidered — dress — green — a — she wore — and

kopetan zinta bat, urrezkoa hura ere.
in her forehead — ribbon — a — golden — that one — too

Hainbesterainoko distira zuen emakume hark, non
so much — shine — had — woman — that — where

itsu-itsuan maitemindu baitzen Don Diego.
completely   in love   fell   Don Diego

-Nor zara? -galdetu zion.
who are you asked   her

-Anbotoko Dama -erantzun zion hark.
from Anboto Lady answered did to him she
the Lady from Anboto

-Zu Anbotoko Dama zarenez eta ni Bizkaiko Jauna,
you from Anboto Lady as you are and I from Viscay Lord
      Lady from Anboto   the Lord of Viscay

nahi al duzu nirekin ezkondu?
want (question) you with me marry

Damak   onartu   zuen, baina gauza bat
the Lady accepted   did   but   thing a

aginduarazi zion: bere aurrean ez zuela inoiz
made to promise did to him her in front of not would ever
      made him promise

aitarenik   egingo. Mari eta Bizkaiko Jauna
the sign of the cross make   Mari and from Viscay Lord

ezkondu ziren eta semea eta alaba   izan
got married did and (a) son and (a) daughter had

zituzten; Alabari Urraka deitu zioten eta
they did / to the daughter / Urraka / called / they did / and

semeari Iñigo Gerra jarri zioten izena.
to the son / Iñigo / Gerra / put / they did / the name
they named

Urteak aurrera zihoazen eta denak zoriontsu bizi
years / forward / went / and / all / happy / lived
went on

ziren Diego Lopez Harokoaren gazteluan.
did / (in) Diego / Lopez / of Haro's / castle

Egun batean, Don Diegok basurde handi bat ekarri
day / in one / Don / Diego / boar / big / a / brought
one day

zuen ehizatik bueltakoan; sukaldariek berehala
did / from hunting / when coming back / the cooks / soon

maneiatu zuten afarirako. Familia osoa
prepared / it they did / for dinner / family / the whole

mahaian zegoela etxeko bi zakur sartu ziren
at the table / as it was / from home / two / hounds / entered / did

jangelan eta zaunka hasi janari eske. Bat,
in the hall / and / barking / started / food / asking for / one

zakur alano handi bat zen, oso oldarkorra, eta
spanish bulldog / big / a / it was / very / agressive / and

bestea, urtxakurra, askoz txikiagoa. Don Diegok,
the other / a spaniel / much / smaller / Don / Diego

barrez, basurde hanka bat bota zien. Bi
laughing / boar / leg / a / threw / did to them / the two

zakurrek gogor ekin zioten hankari,
dogs / hard / caught / did / the leg

zeinek zeini kenduko, eta, denen
which / to which / to take away / and / to everyone's
fighting for it

harridurarako, txakur txikiak handia hil egin
surprise / dog / the small / the big one / killed / (emphasis)

zuen eta basurde hanka herrestan hartuta
did / and / boar / leg / dragging / having taken

alde egin zuen. Don Diegok, ezin izan zuen
side / made / did / Don / Diego / couldn't / (past) / did
left / couldn't

erremediatu, eta aitaren egin zuen, esanez:
help himself / and / the sign of the cross / made / did / saying

-Jaungoiko nirea! Nire bizian ez dut horrelakorik
God   my   in my   life   not have something like that

ikusi!
seen

Une hartantxe bertan, Marik bere alabari
moment that very same-in   Mari   her   daughter
     in that very moment

eskutik heldu eta biek hegan alde egin zuten
by the hand took and both flying side made did
                          left

leiho batetik. Geroztik ez zen haien berririk
window from a since then not was from them news

izan.
had

Urteak joan ziren eta, gaztelarren aurkako gerra
the years went did and the castilians against war
      passed

batean preso hartu zuten Don Diego eta
in a prisoner took they did Don Diego and

Toledoko gotorleku batera eraman zuten. Iñigo
in Toledo a fortress to a brought him they did Iñigo

Gerra aholku eske ibili zen bere ahaideen
Gerra advice asking for going around was his relatives
went around

artean, aita askatzeko zer egin; inork ez
among (his) father in order to free what to do nobody not

zekien, ordea, nola askatu aita, harik eta behin
knew however how to free father until

agure zahar bizarzuri batek honela esan zion
old man old white bearded a like this said did to him

arte:
until

-Iñigo, laguntza behar baduk hoa heure
Iñigo help need if you do go to your

amarengana, hark esango dik zer egin.
mother she will tell to you what to do

Iñigo, bada, Anbotora joan zen, eta, haratu
Iñigo so to Anboto went did and arrive

zenean, haitz baten gainean ikusi zuen Mari.
when he did rock on a over saw he did Mari
over a rock

-Iñigo Gerra, seme -esan zion-, hator
Iñigo Gerra son said she did to him come

niregana, bazekiat zertara hatorren eta; aita
to me I know what for you come because father

espetxetik nola askatu galdetzera hator.
from prison how to free to ask you come

Marik oihu bat egin zuen, eta zaldi zuri eder ongi
Mari cry a made did and horse white nice well
gave out a cry

zelatu bat azaldu zen.
saddled a appeared did

-Pardal dik izena -esan zion- To
Pardal has (as its) name told she did to him take it

hiretzat. Guduak irabazten lagunduko dik, baina
for you wars winning help you it will but

zela ez diok inoiz kendu behar, ezta
(its) saddle not you do never take off must nor
you never

jan-edanik eman ere. Gaur bertan Toledora
food or drink give (it) either today this very to Toledo
this very day

143

eramango hau eta biak ekarriko zaituzte
bring   you it will and both of you   bring   it will

etxera.
home

Eta hala, Iñigo zaldi gainera igo eta, konturatu
and like that Iñigo horse on top of climbed and realizing

zenerako, aita preso zeukaten gazteluko patioan
before father prisoner they had castle's courtyard
in the castle's courtyard

zegoen. Bilatu zuen, eskutik heldu zion eta
he was found him he did by the hand took him he did and

zaldia zegoen tokira eraman zuen, eta biak
the horse was-that to the place brought him he did and both
to the place the horse was

itzuli ziren Bizkaira; inork ezin izan zien
returned did to Viscay nobody could (past) to them

ezer egin, biak ikusezin bilakatuak baitziren,
anything do both invisible become because they had

bitartean.
in the meantime

Orduz geroztik, Bizkaiko Jaunaren etxean hiltzen
then   since   from Viscay Lord's   home-in killed
                  the Lord of Viscay's

zituzten behi guztien barrukiak haitz baten
they did-that cow all's bowels rock a

gainean uzten zituzten Marirentzat opari. Eta,
over leave they did for Mari as a gift and

esaten zutenez, hala egin behar omen zen,
say as they so done must it is said was
                      it is said it had to be done

bestela gaitz izugarriren bat etorriko omen zen
otherwise disease horrible-some a come it is said would

eta, Jaunaren edota etxearen gain. Eta
because Lord or the house over and

halaxe geratu zen, gertatu ere. Don Diegoren
like that stayed it did (it) happened too Don Diego's
it stayed that way

birbiloba batek ez zuen gehiago oparirik egin,
great-grandson a not did anymore offers make

eta begi bat galdu zuen ohitura hura
and eye an lose did custom that

ez betetzeagatik.
not   for fulfilling
for not fulfilling

Mari Urrika eta Artzaina
Mari   Urrika   and the shepherd

Behin, «Aldrabasketa»ko artzain zaharrari, Anbotoko
once   from Aldrabasketa   shepherd   old-to the   from Anboto
                                      to the old shepherd

Mari Urrikak   ikatz   piztua eskaini zion. Baina,
Mari   Urrika   (piece of) coal   lit   offer   did   but

artzain   zahar   hark   eskaini   zion   oparia
shepherd   old   that   offered   she had to him-that   gift
                                      the gift she offered him

inola ere ez zuen hartu nahi izan.
no way also not   did   to take want (past)
         at all

Orduan,   Mari   Urrikak,   oparia
then   Mari   Urrika   the gift

ez hartzearen zergatia   jakin   nahian,   artzain
not   taking   the reason of   know   wanting to   shepherd
        the reason for not taking

zaharrari hauxe galdetu zion:
old-to   this   asked   did

- Zergatik ez duzu hartu nahi ikatz polit hau?
why / not / you have / to take / wanted / coal / nice / this
wanted to take

- Hamaikatxo horrelako badago gure supazterrean...
a lot / like that / there is / in our / chimney

Ez, opari hori ez daramat inora!
no / gift / this / not / I bring / anywhere

- Oker zaude, artzain: honelakorik ez dago zure
wrong / you are / shepherd / like this / not / there is / in your

etxean. Hartu eta eraman ezazu, ba, eta zeure
home / take / and / take / (command) / so / and / at your
(grab) / bring it

etxean ikusiko duzu ondo, hau den gauza ederra.
home / see / you will / well / this / such / thing / beautiful
nice thing

Ikatz berezia da... Tira, eraman ezazu.
coal / special / it is / come on / take / it

Esanen-esanez eta ekinen-ekinez, halako batean,
saying-saying / and / insisting-insisting / in the end
after all that was said and done

artzain zaharrak hartu zuen ikatza. Eta gure
shepherd / the old / took / did / the coal / and / our

gizona, ikatza eskuratzeaz batera, mendian
man the coal obtaining right after the mountain

zehar eta basoan behera etxerantz abiatu zen.
through and the forest down towards home started going

Etxeratu zenean, bere emazteari arnas-hoska
arrived home when he did (to) his wife breathing heavily

esan zion:
told her

- Hona hemen Mari Urrika-k eginiko oparia ...
here here Mari Urrika made present
here's given (to me)

- Hori oparia! A lelotzarra! -esan zion irriz
that a present so stupid said did to him laughing

emazteak-. Ikatza da eta! Sukalde supazterrean
the wife coal is and in the kitchen's chimney
it's just coal

hamaika holako badago...
a lot like that there is

- Gauza berezi bat dela esan dit eta,
thing special a it is-that told she did to me because

hartzeko eta hartzeko esanez, nahi eta nahi ez
to take it   and   to take it   saying   wanted and wanted not
I wanted or not

hartu arazi dit.
take (it) made she did to me
she made me take it

- **Mari Urrikaren maltzurkeriak... -erantzun zion**
Mari   Urrika's   deceits   answered   did to him

emazteak.
(his) wife

- **Maltzurkeria edo zera... ez dakit nik zer izan**
deceit   or   whatever not know I what be
I don't know

daiteken ere -esan zuen arduraz gizonak-. Ea,
this can either said did worried the man let's see

ba, eutsi ikatz hau, eta zelakoa den
then grab coal this and how it is

zeure eskuz eta begiz ikusi.
(with) your hand and eye see
see it yourself

Eta besterik gabe, ikatz aparta hura, gizonaren
and else without coal special that (from) the man's
without further ado

esku gogorretatik emakumearen esku bigunetara
hands · hard · (to) the woman's · hands · soft

igaro zen. Eta, zer izan zen orduan! Ikatz
passed · did · and · what · happened · did · then · the coal

zatia emakumearen eskuetara heldu zenean,
piece · (into) the woman's · hands · reached · did-when

urrezko txanponak parrastaka jauzi ziren
golden · coins · in abundance · jumped · did

sukaldearen erdi-erdira. Halako dirutzarik!
(to) the kitchen's · center · such a · fortune

Hura ikustean, emaztea, pozaren-pozez zoro bat
that · upon seeing · the wife · with happiness · crazy · a

eginda, «hau zoriona, hau zoriona!» esanez
became · such · happiness · such · happiness · saying

deiadarka eta zarataka hasi zen.
yelling · and · making noises · started · she did

- Ikatz miragarri hau dela eta, zoriontsu gara,
coal · wonderful · this · because of · happy · we are

gizon! -pozarren-. **Dena** dirua **eta** dena **urrea!**
husband happy all money and all gold

Holako aberastasunik **eta** holako **zorionik! Orain,**
such riches and such happiness now

baina, ene gizon, gure zoriona **handiagotzeko,**
but my husband our happiness in order to increase
however

bihar goizean Anbotora joanda, **Mari Urrikari**
tomorrow morning to Anboto going (to) Mari Urrika

honelako beste ikatz **zati bat eskatu**
like this other coal piece a ask for
(beste ... bat: another)

behar diozu... **Orduantxe**
have to you do then

bai izango garela benetako **aberats eta**
certainly be we will truly rich and
we'll really be

zoriontsu...!
happy

-¿**Nahikoa zoriontsu** ez **gara,** ba? -**erantzun**
sufficiently happy no are we already answer
are we not

151

zion — did to her
gizonak-. — the husband
Lehenari begiratu ezkero, — to before / look at / since (compared to before)

aberastasun asko daukagu bai, arranotan! Zertarako
riches / many / we have / yes / hell! (exclamation) / what for

diru gehiago?
money / more

-Ez, ez eta ez... Ez dugu nahikoa... -esan zuen
no / no / and / no / not / we have / enough / said / did

andreak negarrez-. Oraindik askozaz aberatsagoak
the wife / crying / still / much / richer

izan gaitezke eta... Zoaz bihar Anbotora; zoaz
be / we can / because / go / tomorrow / to Anboto / go

andrearen esana egitearren arren, eta Mari
your wife's / will / in order to do, to obey / / and / (to) Mari

Urrikari ikatz bat eskatu iezaiozu. Eta berak ezer
Urraki / coal / a / ask for / (command), ask her for / and / she / anything

galdetzen badizu, emaztearen esana egitearren joan
ask / if does / your wife's / will / in order to do, to obey / going

zarela   esango diozu...
you are-that   tell   you will to her

Gehiago gabe,   Aldrabasketa-ko   artzaina,
more   without   from Aldrabasketa   the shepherd
with no other choice

emaztearen esana egitearren biharamun   goizean
his wife's   will   to do   the next day   in the morning
to obey his wife

Anbotora joan zen; eta bertako tontorrean   Mari
to Anboto went did and there   peak-on   (to) Mari
at the peak there

Urrikari beste ikatz bat eskatu zion.
Urrika   other coal a   asked he did

Anbotoko andereari, artzainaren eskabideak barre
from Anboto (to) the lady the shepherd's petition   laugh

eragin   zion; eta irri-barreka eta txantxetan,
made   did to her and smiling   and   joking

artzain   zaharrari hauxe esan zion:
(to) the shepherd old   this said she did

- Zer, artzain? Lehengo eguneko ikatza nekez
what shepherd earlier day's coal hardly

hartu... eta orain zeu zatoz beste baten eske?
you took and now you come another one asking for

Zer dela eta?
why is that

- Entzun, ba, Mari: atzoko ikatza
listen Mari yesterday's coal

atsegin ere atsegin izan dudala eta, emazteak
pleasant also pleasant had I did because (my) wife
I liked so much

lehengoa bezalako beste baten bila bidali
the one before like another one looking for sent

nau... Beraz, andrearen esana egitearren etorri
me she did so (my) wife's will to do come
to obey

naiz.
I have

- Eta andrearen esana egiteko etorri zara? A,
and the wife's will to do come you have ah

gizon oiloa! -esan zion Mari Urrikak begirakune
man chicken say did Mari Urrika (with a) look

zorrotzez-. Andrearen esanak egiten badiharduzu,
sharp   the wife's   sayings doing   if you are

ez diharduzu txarto ere, zeure andrearen
not you are doing bad either your wife's

handinahikeriak galduko zaitu eta.
ambition   lose   it will you because
                 it will be your perdition

Mari Urrikak artzain zaharrari ikatz handi bat
Mari Urrika shepherd the old-to coal big a

eskuratu zion; eta artzaina, bestea bezalako
provided did and the shepherd the other one like

ikatza izango zelakoan, mendian-behera joan zen.
coal would be thinking down the mountain went did

Bitartean, Mari Urrikak ahots itzalez hauxe abestu
meanwhile Mari Urrika voice dark with this sang

zuen:
did

Andrea etxean agintari,
the wife at home gving orders

155

gizona   etorri mandatari;
the husband comes obediently

izarrak goian ager orduko,
the stars up there show up as soon as

damutuko zaio berari.
regret   it will to him

Aldrabasketako artzainak, ikatz zati eder hura ere,
from Aldrabasketa the shepherd coal piece nice that too

aurreragokoa lez, emaztearen eskuan ipini zuen,
the one before as (in) the wife's hand put did

urre-diruak parrastaka   irtengo   zirelakotan.
gold and money in abundance would come out thinking

Baina orduan gertatu zen gertatu zena! Ikatza
but then happened did happened what did coal

ukitzeaz batera, emakumearen eskuak zapoz eta
touching as soon as the wife's hands frogs and

sugez bete-bete egin ziren: ikatzaren barrutik
snakes full of became did coal's from inside

irteniko **zapo-suge** **iguingarriak** **ziren.**
coming · frog and snake · disgusting · they were

Aldrabasketa **basetxeko** **bazterrak** **ere,** **pizti**
Aldrabasketa · farm's · corners · too · (with) beast(s)

beldurgarriz **bete** **ziren.**
scary · filled · was

Halako **zoritxarra** **ikusita,** **senar-emazte** **gaixoak**
such · misery · seeing · husband and wife · poor

negar **baten** **hasi** **ziren;** **eta** **beldur-ikaraz** **egin**
crying · start · did · and · frightened-shaking trembling with fear · spent

zituen **hurrengo** **egunak** **ere.**
they did · the next · days · too

Azkenez, **herriko** **abadeari** **dei** **egitea** **erabaki**
finally · (to) the village's · abbot · (a) call · to make · decided

zuen. **Eta** **abadeak,** **etxeko** **bazterrak** **ur**
they did · and · the abbot · the house's · corners · water

bedeinkatuaz **bustita** **gero,** **pizti** **guztiak** **bidali**
holy-with · having sprayed · after · beast(s) · all · sent out

zituen.
he did

Pertsonaia Gehiago
Additional Characters

Herensuge
the dragon

Suge	itxura	duen	jeinu	gaizto	eta	beldurgarria
snake	looks	has	spirit	evil	and	scary

dugu	hau.	Elezahar	batzuetan,	zazpi	buru	ditu,
is	this	legends	in some	seven	heads	has
(lit. we have)						

baina	gehienetan	bakarra	duela	kontatzen	da.
but	in most	a single one	he has	said	it is

Haitzuloetan	bizi	da,	eta	soilik	gosea
in caves	lives	he does	and	only	(his) hunger

asetzeko	ateratzen	omen	da	bizilekutik.	Haitzulo
to satisfy	comes out	it is said they say	it is	from his den	cave

inguruko	larreetan	dabilen	ganadua	bere
around surrounding fields	pastures-in	are grazing-that	cattle	his

hatsaren	bitartez	erakartzen	omen	du
breath	through	attract	is is said	does

Herensugeak,	eta	elikatzeko	etxe-abere	horiek
the dragon	and	to feed himself	farm animals	those

jaten	ditu.	Beste	zenbait	lekutan	diotenez,
eat	he does	other	some	in places	as they say

gizon-emakumeen	haragia	jaten	du.	Kontakizun
men and women's	flesh	eat	he does	stories

askotan,	herriko	jendeak,	aldian	behin,	pertsona
in many	of the village	people	in time	once	person
		villagers		once in a while	

bat		eman behar	dio		Herensugeari,
a		to give have to	they do		to the dragon
		they have to give			

hark	jan	dezan;	horrela,	aseta	egoten	da	piztia
he	eat	so he can	that way	satiated	stays	does	the beast
so he can eat							

eta	herritarrak	lasai	egon	daitezke.
and	the villagers	in peace	be	they can

Teodosio	Goñikoa
Teodosio	from Goñi

Elezaharrak dioenez, Teodosio, Nafarroa menderatu
the legend   as tells   Teodosio   Navarre   conquer

nahi zuten godoen aurka gerra egin ondoren
want   did-that   the Goths   against   war   making   after
after going to war

etxera omen zetorren. Orduan, Erretabidean,
home   it is said   he was coming   then   in Erretabidea

Ollaranerako bidean, gizon bitxi bat
to Ollarane   on the way   man   strange   a

azaldu omen zitzaion, bere emazteak,
show up   it is said   did to him   his   wife
showed up to him, they say

Butroeko Konstantzak, maitale ezkutu bat
from Butroe   Konstantza   lover   secret   a
Konstantza of Butroe

zuela esanez.
had-that   saying
saying that she had

Amorruz erotu beharrean, Teodosiok zaldiari
with rage   crazy   going   Teodosio   his horse

ezproiak sartu, eta laster batean abiatu zen
the spurs   put in   and   soon   in one   started   did
quickly

etxerantz: hala ere   ilunduta gero   iritsi   zen
towards home   however   gotten dark   after   arrived   he did
                 when it was dark already

etxera,   eta   iritsi bezain laster   igo   zen
home   and   arrived   as   soon   went up   he did
              as soon as he arrived

logelara.   Leihotik   sartzen   zen   ilargiaren
to his chambers   from the window   entering   was-that   the moon's

argi   urriarekin,   ohean   bi   lagun   zeudela
light   scarce-with   in the bed   two   people   there were-that

ikustean,   ezpata   atera   eta   lo   zeuden   bi
seeing   his sword   drew   and   sleeping   were-that   two

gorputz haiek alderik   alde   zulaturik,   hil   egin
bodies   those   from side   to side   piercing   killed   (emphasis)

zituen, bere emazte Konstantza eta haren maitalea
them   his   wife   Konstantza   and   her   lover

zirelakoan.
thinking they were

Logelatik   irteterakoan, ordea, Konstantzarekin
from the chambers   when coming out   however   with Konstantza

berarekin **topo egin** **zuen,** **senarraren** **hotsak**
with herself   ran into   he did   the husband's   noise

entzunda esnatu **egin** **baitzen.**
having heard woken up (emphasis) because she had

"Konstantza!" **hasi** **zen** **Teodosio,**
Konstantza   started   did   Teodosio

harri eta zureginik.
stone and   livid
completely astonished

"Teodosio! **Hau** **poza!"** **esan** **zion** **emazteak,**
Teodosio   such   joy   say   did to him   (his) wife

pozaren pozez.
really happy

"Baina... **zu** **hemen** **bazaude,** **nortzuk** **zeuden** **gure**
but   you   here   if you are   who   were there   in our

ohean?" **esan** **zuen** **Teodosiok**
bed   said   did   Teodosio

bere onera itzuli **ezinik.**
his good-to to return   unable
unable to come back to his senses

163

"Zure gurasoak, Teodosio," azaldu zion emazteak.
your parents Teodosio explained to him (his) wife

"Bisitaldi egitera etorri zaizkigu eta etxeko
(a) visit to make came they have to us and from home

gelarik hoberena eman diet, gurea."
chambers the best given I have to them ours

Egin berri zuen izugarrikeriak erdi erotuta,
done just he had atrocity half gone made
turning him half mad

Erromara erromes joan zen Teodosio, eta
to Rome as a pilgrim went did Teodosio and

apaltasun osoz onartu zuen han ezarri zioten
humility with all accepted did there give him did-that

zigorra: kate lodi bat gerrian zuela izarpean
punishment chain thick a in his waist having under the stars

lo egitea, harik eta katea gastatu eta berez
sleep to do until the chain wore down and by itself

erortzen zitzaion arte, hori izango baitzen
fell did from him until that would be because

Jainkoak	aita	eta	ama,	biak	hil	izana	barkatu
God	father	and	mother	both	killed	having	forgiven

zion	seinalea.
had-that	the sign

Teodosiok	Aralarko	mendietan	bizi	eta	ibiliz
Teodosio	in Aralar	in the mountains	living	and	walking

hasi	zuen	bere	penitentzia.	Zazpi	urte
started	did	his	penitence	seven	years

bazeramatzan	zigorra	betetzen,	baina
he had spent	the punishment	fulfilling	but

hasieran	bezain	berri	eta	trinko	jarraitzen	zuen
in the beginning	as	new	and	solid	remained	did

kateak.	Behin	batean,	ordea,	leize	zulo	batera
the chain	once	at one one time	however	cave	hole	to a

hurbildurik,	izugarrizko	hots	bat	entzun	zuen	eta,
getting close	scary	noise	a	heard	he did	and

une	hartan	bertan,	herensuge	beldurgarri	bat
moment	in that	very same	dragon	frightening	a

azaldu	zitzaion,	bere	ehun	urteko	lotatik
showed up	did to him	(from) his	hundred	year long	sleep

esnatu	berria.	Gose	zen	herensugea.	Teodosio
woken up	freshly	hungry	was	the dragon	Teodosio

ikusirik,	harengana	abiatu	zen	istant	batean
having seen	to him	started moving	did	instant	one-in
					in an instant

irensteko	prest.
to swallow	ready

Gizon	gizajoa	ozta-ozta	zen	mugitzeko	ere
man	poor	barely	was	to move	even
the poor man					

gauza,	penitentziak	eta	zintzilik
able	the penitence	and	hanging
(gauza izan: capable of)			

zeraman	kateak	ahulduta.
he was carrying-that	the chain	weakened by

"San	Migel!"	hasi	zen	oihuka,	herensugea
Saint	Michael	started	he did	screaming	the dragon

ikustean.	"Lagun	iezadazu,	San	Migel!"
having seen	help	me	Saint	Michael
		(command)		

Haren oihua zeruan entzun zuten eta Jainkoak
his scream in the sky heard they did and God

esan zion arkaingeruari:
told did to the archangel

"Migel! Lurrean deika dituk..."
Michael on Earth calling for you they are

"Zurekin ez bada, ni ez naiz jaitsiko!" erantzun
with you not if it is I not will go down answered

zuen hark.
did he

Horrela bada, jaitsi zen San Migel Jainkoa
like that then went down did St Michael God

buru gainean zuela eta herensugearekin borrokan
head on having and with the dragon a fight
on his head

aritu ondoren, hil egin zuen. Piztia hila
having after killed (emphasis) it he did the beast dead

lurrera erortzearekin batera, Teodosioren
to the ground falling right after Teodosio's

167

gerriko katea ere eten eta lurrera erori zen.
from the waist / chain / too / broke / and / to the ground / fall / did

Laguntza horren eskerronez, Teodosio Goñikok eta
help / that / thankful for / Teodosio / of Goñi / and

bere emazteak San Migel in Excelsis Santutegia
his / wife / St / Michael / in / Excelsis / Sanctuary

eraikitzeko agindua eman zuten. Gaur egun ere,
to build / the order / gave / they did / today / day / also
even today

haurdun geratu nahi duten andreak hara
pregnant / become / want / do-that / women / there

joan ohi dira, mesede horren eske.
go / usually / they do / favor / that / asking for
they usually go

Hormetako batean zulo bat dago eta, diotenez,
walls-of / one-in / hole / a / there is / and / as they say
in one of the walls

infernuko hotsak entzuten omen dira handik.
hell's / sounds / heard / it is said / they are / from there

Jende askoren ustean, burua zulo horretan
people / many / think / the head / hole / in that

sartzean,	buruko	minak	erabat	joaten	omen
when putting into	head headaches	pain	completely	go (away)	it is said

dira.
that they do

Kate	batzuk	ere	badaude	horma	batetik	zintzilik.
chain(s)	some	also	there are	wall	from a	hanging

Tradizioak	dioenez,	Teodosiorenak	omen	dira
as the tradition	says	Teodosio's	it is said	they are

eta	haiekin	gorputzaren	inguruan	hiru	itzuli
and	with them	the body	around	three	laps

emanez	gero,	buruko	eta	haginetako	minak
take	if (you)	head	and	tooth	aches

etorri	bezala	joaten	omen	dira.
come as soon as they come	as	leave	it is said	they do

Gaueko
Nightly

Gaueko	jeinua	da	berau;	edo,	agian,	gaua	bera
Nightly	spirit	is	this one	or	maybe	the night	itself

da Gaueko. Sinesmen zaharrek diotenez 'eguna
is Nightly beliefs old as they say the day

egunekoentzat, gaua gauekoentzat' da, hau da,
for the diurnal the night for the nocturnal is that is

eguna pertsonentzat eta gaua gaueko
the day for the people and the night (for the) night

espirituentzat. Pertsonek, gauez, etxean egon behar
spirits people at night at home stay have to

dute, hura da pertsonen gotorlekua, eta gauez
they do that is people's fortress and at night

etxetik kanpo zenbait lan egiten
from home outside many jobs doing

ausartzen diren pertsonak Gauekoren hatzaparretan
dare do-that people in Nightly's clutches
the people that dare

harrapatuta geldituko dira. Batez ere, gauari
caught get will be especially of the night

beldurrik ez diola esaten dabilena
scared not they are-that saying he who goes around

zigortzen du jeinuak, errespeturik gabe
punishes does the spirit respect without

harroputzarenak egiten dabilena. Haize bolara
arrogant acting those who are wind gust

baten bidez abisatzen du Gauekok gertu
a by means of warns does Nightly near

dabilela, eta haizeak haren deiadarra ekartzen du:
that he is and the wind his echo brings does

"gaua gauekoentzat, eguna egunekoentzat."
the night for the nocturnal the day for the diurnal

Argi distiratsua
light bright
bright light

Gorbeialdeko Arabako lurretan gaueko jaunari
around Gorbeia in Alavan lands-in the of the night lord
to the lord of the night

Gau deitzen zioten. Oso arriskutsutzat jotzen
Night called they did very dangerous considered

zuten gauean etxetik kanpo ibiltzea, Gauren
they did at night from the house outside to be Night's
out of the house

garaia baitzen hura.   Goizean   izotz   arrastoak
time   since was   that   in the morning   ice   trails
     because that was

zeuden   bitartean   Gauren   eragina   zirauela
there were   as long as   Night's   influence   remained-that

pentsatzen zuten.
thought   they did

Gazte   batzuk   menditik   zihoazen   gau
young men   some   through the mountains   would go   night

batean,   argi   distiratsu   bat   ikusi   zuen   batek,   eta
in a   light   bright   a   saw   did   one   and

izugarrizko ikara sartu zitzaion. Besteek barre egin
. (a) terrible   scare   felt   he did   the others   laugh   did

zioten, ez   zeukala   zertan   beldurrik izan esanez.
to him   not   he had-that   of anything   scared   to be   saying
     that he didn't have

Orduan   gazteak   erronka bota   zien: ea
then   the young man   challenge threw   did to them   let's see
     challenged them

nor ausartzen zen argiarenganaino joatea.
who   dared   did   until the light   to go

Batek, arro-arro, erronkari heldu zion, eta
one   arrogantly   the challenge   took   did   and

argia zegoen lekuan
the light   was-that   the place-in
in the place where the light was

aurkitzen zen pinutik baietz adar bat
situated   was-that   from the pinetree   that yes   branch   a
   from the pinetree that was   (he would)

ekarri, erantzun zion.
bring   answer   did

Joan zen mutila argia zegoen lekura, eta
went   did   the boy   the light   was-that   to the place   and
   to the place where the light was

pinuaren adar bat apurtzen ari zela argia
the pine's   branch   a   breaking   -ing   was   the light

beregana hurbiltzen hasi zen. Orduan konturatu
to him   getting closer   started   did   then   realized

zen, argi hura izugarrizko zakur baten begien
he did   light   that   huge   hound   a-of   eyes'

distira zela. Zakurrak esan zion, gau ez
gleam   it was-that   the hound   told   him   the night   not

desafiatzeko;   gaua,   espirituen   eta   hildakoen
to defy   the night   the spirits'   and   the dead's

erreinua   zela   eta.
kingdom   was-that   because

Gaztea,   beldurraren   beldurrez   besteengana   joan
the young man   (with) fear's   fear   to the others   went
    terrified

zen,   pinu   adarra   eman   zien,   eta
did   the pine   branch   gave   did to them   and

hitzik   egin   gabe   etxeratu   zen.   Etxera   iristean
word   making   without   went home   did   home   upon arriving
without saying a word   when he arrived home

oheratu   zen,   eta   ez   zen   gehiago   esnatu.
to bed   he went   and   not   did   ever again   wake up

Gauekoren   hatzamarkadak
the Night's   scratches
    (lit. finger marks)

Lekeitioko   hiru   irule   gauean   etxerantz
from Lekeitio   three   spinners   at night   towards home

ziohazela   hiru   irrintzi   entzun   zituzten,   eta
as they were going   three   yells   heard   they did   and

beraiek **ere** **erantzun** **egin** **zuten.**
they   too   answered   (emphasis)   did

Beldurraren beldurrez,   **lasterka**   **batean,**
(with) fear's   fear   running   simultaneously
terrified

Urkiza-aurrekoa etxean sartu ziren.
(into) Urkiza-aurrekoa   house   entered   they did

Sartu eta atea itxi zutenean, gaueko jeinuak
entered   and   the door   closed   when they did   the night's   spirit

izugarrizko bultzada eman zion ateari, eta
(a) huge   thrust   gave   did   to the door   and

bertan utzi zituen hamar hatzamarren seinaleak.
right there   left   did   ten   finger   marks

Neska gaztearen erronka
girl   young's   challenge

Oiartzungo baserritar neska gazte batek egin
from Oiartzun   farmer   girl   young   a   made
(from the country)

omen zuen apustu, baietz iturritik ura
it is said   she did   a bet   that yes   from a fountain   water
(she would)

ekarri gauerdia ondoren. Atera zen baserritik
bring   midnight   after   went out she did from the farm

ontzi batekin ura ekartzeko asmotan, baina
(with) pot a   water to bring with the intention but

ez zen gehiago itzuli.
not did ever again return

Handik denbora batera, neskatxaren ontzia, hutsik,
from there (to) time a   the girl's   pot   empty
          some time later

eta odol tanta batzuk jausi omen ziren
and blood drop(s) some   fell it is said did

baserriko tximiniatik behera.
(from) the farm's chimney   down

Basajaun
Basajaun

Bere izenak dioen bezala, 'basoko jauna, jaun
his name says   as   forest man   man

basatia' dugu jeinu ezagun hau.
wild   is   spirit well-known this
       (lit. we have)

Basoaren sakonean edo leku garaietan dauden
forest deep-in or places up high are-that
deep in the forest

haitzuloetan bizi da Basajauna. Pertsonaia honek
caves-in lives does the forest man character this

gizon handi eta izugarri baten itxura du. Gorputza
man big and scary a-of shape has the body

ilez estalia du, adatsa belaunetaraino iristen
with hair covered has (his) long hair to (his) knees reaches

zaio, eta aurpegia, bularrak eta sabela ia
does and the face the chest and the stomach almost

guztiz tapatzen dizkio. Oinetako bat
completely covers does to him of (his) feet one

gizakienaren modukoa da, eta bestea
human's kind is and the other one
like a human's

oinatz borobil batez osatua dago.
footprint round a-of made up is
of a round footprint

Jeinu hau basoaren eta naturaren zaindaria da.
spirit this the forest's and nature's guardian is

Artaldeen **babeslea** **da,** **bereziki.** **Horregatik,**
of the flocks of sheep / protector / he is / especially / for that

ekaitza **datorrenean,** **Basajaunak** **orroa** **botatzen** **du**
a storm / is coming-when / Basajaun / roar / sends out / does

artzainak **ohartarazteko.** **Orroari** **esker,**
the shepherds / to warn / to the roar / thanks

artzainek **garaiz** **jartzen** **dituzte** **beren** **artaldeak**
the shepherds / early / put / do / their / flocks

babesean. **Otsoengandik** **ere** **babesten** **du**
into safety / from the wolves / too / protects / he does

artaldea. **Ardiek,** **Basajauna** **hurbil** **dagoela** **sentitzen**
the flock / sheep / Basajaun / nearby / is-that / feel

dutenean, **bat-batean,** **zintzarrien** **astindu** **bat**
when they do / suddenly / the bells-of / shake / a

egiten **dute,** **eta,** **hala,** **artzaina** **lasai** **egoteko**
do / and / like that / the shepherd / relaxed / to be

moduan **dago,** **otsoak** **ez** **baitira** **gerturatuko.**
able to / is / the wolves / not / will-since / get close

Batzuetan, jeinu ikaragarria eta gaiztoa
sometimes spirit frightening and evil

balitz bezala ere agertzen zaigu, izugarrizko
if he were as too appears to us incredible
as if he were

indarra eta bizkortasuna duena. Beste batzuetan,
strength and intelligence having other times

lehen nekazari gisa azaltzen da, eta, baita ere,
first farmer as appears he does and also
as the first farmer

lehen errementari edo lehen errotari gisa.
(the) first blacksmith or first miller as

Lanbide guzti horien maisu da, eta gizakiak
trade all those-of master is and humans

basoko jaun honi ostu dizkio zerra eta
of the forest man this-to stolen have the saw and
from this forest man

errotaren ardatza egiteko sekretua, bai metalak
the mill's axis to make the secret as well as metal

soldatzeko sekretua.
to forge the secret of

Basajauna eta San Martin Txiki: Zerraren sekretua

Basajaun · and · St · Martin · Small · the saw's · secret

the secret of the saw

Elezaharrak dioenez, behin batean, San Martiniko

the legend · as says · once · upon a time · St · Martiniko

izeneko gizon ausart batek

named · man · brave · a

zerra egiteko moduaren sekretua atera omen

saw · to make · the way-of · the secret · got · it is said

the secret to making a saw

zion.

did from him

San Martinikok ba omen zuen

St · Martiniko · (emphasis) · it is said · had

Basajaunak sortu zuen zerraren berri, baina berak

Basajaun · created · did-that · the saw-of · news · but · he

that Basajaun created · news of the saw

ez zekien nola ekoiztu. Jakin-minak bultzatuta,

not · knew · how to · produce (it) · curiosity · pushed by

trikimailu bat bururatu zitzaion.

trick · a · came to his mind · did to him

Horrela, bidali zuen morroia herrira, eta hark
so send he did a servant to the village and he

bere nagusiak zerra egitea lortu zuela zabaldu
(that) his boss a saw to do manage had-that spread

zuen herritarren artean.
did the villagers amongst

Basajaunaren belarrietara ere iritsi zen berria, eta
(to) Basajaun's ears also reached did the news and

morroiari horrela galdetu omen zion: 'Hire
to the servant like this asked it is said he did your

nagusiak gaztainondo hostoa ikusi dik, ala?'
boss the chestnut tree's leaf seen has right?

Orduan, morroiak honela erantzun omen zion:
then the servant like this answer it is said did to him

'Ez du ikusi baina ikusiko du!'.
not he has seen but see he will

Morroiak berehala kontatu zion San Martinikori
the servant soon told did (to) St Martiniko

sekretua, eta hark, ezeri itxaron gabe, zerra
the secret and he for anybody waiting without the saw

egin zuen.
made did

Basajauna, gauez, San Martinikoren etxera joan zen
Basajaun at night St Martiniko's home went did

berria ziurtatzera. Zerra egina zegoela ikustean,
the news to confirm the saw made was-that upon seeing

amorruaren amorruz, zerraren hortzak,
(with) rage's rage the saw's teeth
furious

banaka-banaka, bata eskuinera eta bestea
one by one the one to the right and the other

ezkerrera okertu omen zituen,
to the left bend it is said he did

zerratzeko gauza ez zela uzteko asmotan.
to saw able not being of leaving it with the intention
unable to saw

Baina, hara non, kaltetzeko asmoan egindako
but look at that to cause harm trying having done

ekintza gaizto hark onura ekarri zion San
action evil that good brought did (to) St

Martinikori, hortzak modu horretan jarrita, askoz
Martiniko the teeth way in that put much
put like that

hobeto zerratzen baitzuen zerrak.
better sawed did-because the saw

Burdin zatiak soldatzearen sekretua
iron pieces soldering-of the secret
the secret of soldering

Elezaharrak dioenez, behin batean, San Martiniko
the legend as says once upon a time St Martiniko

izeneko gizon ausart batek bi burdin zatiren
named man brave a two iron pieces

soldatzea egiteko moduaren sekretua atera omen
to solder to do way secret got it is said

zion. San Martinikok ba omen zekin
did from him St Martiniko did it is said know

Basajauna gai zela burdina soldatzeko, eta
Basajaun capable was-that iron to solder and

sekretua atera nahian Kortezubiko bailaran berak
the secret   get   wanting to   (in) Kortezubi   valley   he

ere bazekiela zabaldu omen zuen. Orduan,
too   knew it-that   spread   it is said   he did   then

Basajaunak berria zabaltzen ari zenari
Basajaun   the news   spreading   -ing   to the one who was

honela galdetu omen zion:
like this   asked   it is said   he did

"San Martinikok ur buztintsuarekin ihinztatu
St   Martiniko   water   clayey-with   glued
  with clay water

dizkik burdin zatiak ala?"
has   the iron   pieces   or (what)

"Ez du egin, baina egingo du!" erantzun zion
not   he has   done (that)   but   do   he will   answered   him

aldarrikariak.
the news-spreader

Horrelaxe, bi burdinzati galdatzeko buztin urtsua
and like that   two   pieces of iron   to join   clay   water

erabiliz, San Martinikok lortu zuen soldatzea.
using St Martiniko managed did to solder

Hortik aurrera, munduan zehar edatu zen burdina
from then onwards the world around spread did iron

soldatzeko modua.
to solder the way

Zezengorri
red bull

Zezengorrik, izenak dioen bezala, zezen gorri
red bull the name says as it does bull red

baten itxura hartzen du, eta sua dariola agertzen
a-of shape takes does and fire covered in appears
the shape of a

zaigu, maiz. Batzuetan sudur zulotik eta
does to us often sometimes (from the) nose hole and
from his nostrils

ahotik sugarrak botatzen ditu, eta honela
from the mouth flames throws he does and like this

kiskaltzen ditu bere arerioak; beste batzuetan,
burns he does his enemies other times

aldiz, haitzuloko iluntasunean distiratsu agertzen
instead / (in) the cave's / darkness / shining / appears

da Zezengorri, bere adarrak eta buztana suzkoak
does / red bull / his / horns / and / tail / of fire

baitira.
since they are

Leize-zuloetan bizi da normalean, leku haien
in caves / lives / he does / usually / place(s) / those-of

zaindari izan ohi baita. Bere eremuan
guardian / is / usually / because he is / (in) his / terrain
because he usually is

sartu edota leizearen bakea eta isiltasuna apurtuz
entering / or / the cave's / peace / and / silence / breaking

gero, haserretu egiten da, eta gaiztoa bezain
if / angry / gets / he does / and / (as) evil / as he is

beldurgarria izan daiteke. Horregatik, leku
scary / be / he can / that's why / places

batzuetan 'etsai' deitzen diote. Haitzulora harriak
in some / "the devil" / call him / they do / to the cave / rocks

botaz   gero,   Zezengorri haserretu egiten   da,   eta
throwing   if   the red bull   angry   gets   does   and

erasokor agertzen zaigu. Batzuetan giza   irudia ere
agressive   appears   to us   sometimes human shape   too

hartzen   du,   eta,   hala,
takes   he does   and   like that

bizilekua duen   leizetik   herrietara   jaisten
as home   has-that the cave-from to the villages goes down
   from the cave he has as home

da,   eta   bera   mindu   edo   iraindu   duten
he does and   him   hurt   or   insulted   have-that

pertsonak zigortu egiten   ditu.
people   punishes (emphasis) he does

Zezengorriren haitzuloa
the red bull's   cave

Orozkon kontatzen dute lapur bat bizi izan   zela
in Orozko   tell   they do thief   a   lived (past) did-that

Itzineko mendian   dagoen   Atxulaur haitzuloan.
in Itzin mountain was located-that Atxulaur   cave-in

Lapur hark, urteetan eginiko lapurretei esker,
thief · that · for years · (he had) done · robberies-to · thanks

thanks to the robberies he'd committed

izugarrizko urre pila bildu omen zuen
a huge · gold · pile · gathered · it is said · did

haitzuloaren barruan.
the cave's · inside

inside the cave

Lapurretara beste lurralde batera joan
to steal · (to) other · land · a · went

(beste ... bat: another)

zen batean, hil egin omen zen, eta inork
he did · once · died · (emphasis) · it is said · he did · and · nobody

ez zekien non gorde zuen bere altxorra.
not · knew · where · put · he had · his · treasure

Behin batean, kanpotar batzuk Atxularko leizera
once · upon a time · foreigner(s) · some · (to) Atxular · cave

joan ziren altxorraren jabe egiteko asmotan,
went · did · the treasure's · owner(s) · to become · with the intention

baina, hurbildu zirenean, ahotik eta
but · got close · when they did · from the mouth · and

sudur zuloetatik sua zerion zezen gorri izugarri
nose holes-from the fire throwing bull red huge
from the nostrils

bat atera omen zen mehatxuka haitzulotik;
a came out it is said did threatening from the cave

lapurraren espiritua, hain zuzen ere.
the thief's spirit to be precise

Hurrengo batean, hildako lapurraren hezurrekin
next time dead (with) the thief's bones

joan ziren haitzulora kanpotar haiek, eta bertan
went did to the cave foreigners those and there

utzi zituzten. Orduan bai, orduan atera
left them they did then yes then bring out

ahal izan zuten altxorra haitzuloko zulo
could (past) they did the treasure (from) the cave's hole
they could

sakonetik, lapurraren gorpuak betiko atsedena lortu
deep the thief's body forever (its) rest got

baitzuen.
since it did

Marizuloko Zezengorri
from Marizulo   the red bull

Amezketan kontatzen dutenez, behin batean, Irabi
in Amezketa   tell   as they do   once upon a time   Irabi

baserriko neskatxa Aralarrera igo zen larrean
farm-from   a girl   to Aralar   went up   did   in the field

zeukan behi baten bila. Txahal gorri bat
she had-that   cow   a   looking for   calf   red   a

ikusi zuen, eta berea zela pentsatuta,
saw   she did   and   hers   it was-that   thinking

bere atzetik abiatu zen. Buztanetik heldu
its   behind   started off   she did   from (its) tail   grabbed
behind it

zion eta bere atzetik joan zen,
it she did   and   its   behind   went   she did

Marizulo kobazulora eraman zuen arte.
(to the) Marizulo   cave   brought   her it did   until
to the cave of Marizulo

Marizulo Mariren bizilekua zen.
Marizulo   Mari's   home   was

Neskatxaren familia bere bila ibili zen,
the girl's family her in search of went around did

baina, ez alferrik, ez zuten inoiz aurkitu eta.
but no in vain not they did ever find (her) because

Herrian esaten dutenez, beste batean ikusi omen
in the village they say as they do other time saw it is said

zuten neskatxa hura Marizulon zakur gorri bat
they did girl that in Marizulo dog red a

ondoan zuela, haitzuloa zelatatzen.
next to her having the cave stalking